张海燕◎著

湖是海的家

HU SHI HAI DE JIA

中国言实出版社

图书在版编目(CIP)数据

湖是海的家 / 张海燕著. --北京：中国言实出版社，
2018.8

ISBN 978-7-5171-2894-6

Ⅰ. ①湖… Ⅱ. ①张… Ⅲ. ①散文集–中国–当代
Ⅳ. ①I267

中国版本图书馆 CIP 数据核字（2018）第 194854 号

责任编辑： 崔文婷
责任校对： 代青霞
出版统筹： 史会美
责任印制： 佟贵兆
封面设计： 力扬文化
书名题字： 张靖鸣

出版发行 中国言实出版社
　　　　　地　　址：北京市朝阳区北苑路 180 号加利大厦 5 号楼 105 室
　　　　　邮　　编：100101
　　　　　编辑部：北京市海淀区北太平庄路甲 1 号
　　　　　邮　　编：100088
　　　　　电　　话：64924853（总编室）　64924716（发行部）
　　　　　网　　址：www.zgyscbs.cn
　　　　　E–mail：zgyscbs@263.net
经　　销 新华书店
印　　刷 成都勤德印务有限公司
版　　次 2018 年 12 月第 1 版　2021 年 4 月第 2 次印刷
规　　格 880 毫米×1230 毫米　1/32　　8 印张
字　　数 156 千字
定　　价 36.00 元　　ISBN 978-7-5171-2894-6

目录

CONTENTS

儿 时 印 记

1

离家虽久，但对家乡的记忆一辈子难忘。

小时候，对农村的各种声音特别敏感。敏感源自奶奶有一台织布机，我同叔叔家的弟弟妹妹们，每天在织布机"咔嚓……咔嚓……"声音中长大。机梭飞快地来回穿插，奶奶坐在织布机上精神抖擞，全神贯注，手脚合一。奶奶经常纺线到深夜，"嗡……嗡……"的纺车声像蚊子飞过的声音一样。爷爷有时也纺线，昏暗的煤油灯，爷爷边纺线边给我讲《三国志》《水浒传》里的故事。讲日本侵略中国时，他到保安、太和集镇卖布如何巧妙通过日本哨兵的关卡，我总是听得着了迷。

经常有外地人来垮子里吆喝："磨剪子嘞……戗菜刀……"很多人小时候都听过这样的吆喝声，声音拖得老长，很有韵味。还有外地人来垮子里炸爆米花，村民不叫炸爆米花，叫"炸米泡"。炸米泡的机器黑黑的、圆鼓鼓的，随便在哪家门前摆开后，就有一些妇女或小孩儿拿来大米、玉米，不多，一升两升就行。把米或玉米放进黑黑的、圆鼓鼓的机器里加热，待达到一定温度后，用脚一踩，"嘭"的一声，像炸地雷那么响，打开机器，爆米花也就成了。

再有一种"轰……轰……"的声音，来自榨铺开榨的季节。村民吃的菜籽油、棉籽油、芝麻油等，都是原始作坊里榨出来的。榨铺就在细德宝垮子对面，"轰……轰……"的声音，像现在房屋建筑机器打桩的声音一样，沉闷低垂，但穿透力强，节奏感也强，几里外都能听得见。

循着"轰……轰……"的声音望去，长长的砖瓦房，陈旧得很，瓦是黑的，砖也是黑的。友根叔是榨油行家，我去少峰外婆家路过榨铺时，见他和同伴们光着黑黑的膀子，膀子上面全是油。屋内更是黑暗，榨鼓上，一些装油的器皿全都是黑的，连人也是黑的。

榨油有很多工序，首先将原料放进铁锅里翻炒，炒的关键是火候：过了，出油少，油老；欠火，油嫩，香味不够。被炒过的原料还要放在碾槽里碾细。碾房设在榨房的旁边，里面有碾盘和碾槽。碾盘直径两米多，中间像鼓肚子一样凸出来，碾槽和碾盘是垮子里的石匠们用灵巧的双手在石头山上打制而成。碾槽设计成一个大的圆圈，碾菜籽的时候，会牵来一头小黄牛或是小水牛，用黑布把牛的眼睛蒙住，牛拉着碾盘沿着碾槽不停地转圈。接下来是将碾细的原料用草包好后，放到榨鼓里面压榨。榨鼓是一棵大树掏空而成，光着膀子的友根叔和同伴们，拉着像寺庙里撞钟一样的粗壮木杠，对准榨鼓，喊着"一、二、三"的号子，一次次地撞击，"嘭……嘭……"撞击过程也就是挤压过程，中间还要不停地加塞木楔，慢慢地，慢慢地，油就会被挤压出来。

那时穷困，哪有什么油吃，所以很羡慕这些在榨铺里干活的长辈。同时还羡慕绍文老弟，他的外号叫"懒蛇"，是友根叔的大儿子，宝贝着呢。一到榨季，"懒蛇"总是能吃到油盐炒饭，跟他在一起玩的时候，总是能闻到他身上的油腥味。

因为危房还是其他原因，榨铺搬到了丛林村。再后来，榨铺就不再经营了。原来的那些榨鼓子什么的，都分到了村民家中，榨鼓子还被好多人家打制成了方的圆的饭桌。

初夏的傍晚，夕阳西下。谁家的烟囱开始冒烟了，袅袅炊烟下，垮子里充满了各种叫唤声。大人们在喊禽畜归家："嗬……嗬嗬嗬……嗬……嗬嗬嗬……"很快，猪儿发出"扑哧……扑哧……"的声音回来了。一会儿，母鸡带着一群小鸡"咯……咯……咯……"地进笼了，鸭子"嘎……嘎……嘎……"地从水塘里爬上了岸，孩童牵着小黄牛"哞……哞……哞……"地也回栏了，时不时还夹杂有"汪……汪……"的狗叫声。禽畜牲口叫完了，不知谁家的母亲站在门口喊了起来："××儿啊，回家吃饭啦!"人声、狗声、猪声、鸡鸭声……汇成一部乡村傍晚交响曲，好不动听。

偶尔也有不和谐的声音。如谁家受冤枉了，就有一个上了年纪的男人，手上拿一把菜刀和一块砧板，沿着各家各户的门前叫骂，骂一声，用刀在砧板上砍一下。叫骂声很难听，我也只听到过一两回。偶尔也有女人的叫骂声，与男人不同的是，骂一声，她们用手拍一下，或用脚在地上狠狠地跺一下。拍得不轻，跺得很重，女人一般不拿砧板，因为砧板太重。

和谐的、不和谐的声音都已远去，现在想起，我都喜欢。

2

我家左边是友文叔的家，友文叔家前面原来有一栋徽派建筑，房屋已经窳败，只剩下了半边高高竖起的墙面。虽是残垣断壁，但抬眼望去，仍挺拔峻峭。其中的一角马头墙轻盈翘起，玲珑精巧，显现出屋主人曾经的富贵。

古建筑一排过去，一直连到了青山叔的老屋，屋旁边的一面青砖墙，歪斜地站了好多年。村民还把青砖墙叫"风火墙"，或叫"风火斗子"。古建筑前面是一条连接全垮子的青石板路，青石板上随处可见姑娘们在踢毽子，路两边的门口石墩上，坐着各家媳妇在绸缎白布上绣着花儿。

青石板早已破坏殆尽，不见了踪影。古色古风的乡村小景，如今也不能再现。

塆子里的古建筑还有一个仓库，仓库在我家20世纪80年代初建的屋子旁边。听大人说，"文革"期间，塆子对面张家祠堂被毁，年轻人搬来木料和青砖黑瓦，才盖起了现在的仓库。好多年以后，我回老家时，仓库正门上方，依稀可见"农业学大寨""抓革命、促生产"的标语。仓库里面堆放了一些生产队时期的集体农具、稻谷、黄豆及菜籽、棉籽、芝麻等成品油。这时的仓库成了危房，这是村集体的最后一点东西了。

仓库里有好几件盛各种成品油的陶瓷器皿。尽管我对陶瓷古董不甚了解，小时候只知道是一个个缸缸罐罐而已。陶瓷器皿每件有小水缸大，可以装下几十斤油。每一件陶瓷器皿周围是蓝色的青瓷，条条腾龙盘绕，釉色发亮，属青花瓷器釉下彩的一种。至于说是否是元代、明代的？不很清楚。但至少是清代康熙年间的。这些缸缸罐罐实际上是张家祠堂的香炉，大概是当时大家搬砖瓦的同时偷回的。香炉一共有三个，生产队的时候已经卖掉了一个，另一个有些破损，还有一个是完好的。可惜这个当时不起眼的香炉，早被垮子里的有心人拿走了。也不知道是谁？谁也没有去查个究竟，也不知道拿去的人是已经卖给了商贩，还是依然保存着？但我要说的一点是，每一个香炉都是宝贝，是瓷器中的上上品，按现在的古董市场价格，都在百万元以上，特别是大香炉。如果现在还在的话，卖出好价钱，能为村集体做好些公益的事。

垮子里还有其他老屋也是古建筑，听说同样气势非凡，我当时年纪小，记忆也就模糊了。

3

如今回老家，总感觉到垮子里光秃秃的，少了点什么。原来是垮子周围的树木没了，房子却多了起来。记忆中，垮子下首土坡和村前屋后栽有苦楝树或杨柳树，拴牛庇荫，绿化村庄。保如哥屋后的皂角树，上了年纪的人都忘不了。我和孩子们经常在皂角树底下打乒乓球，皂角树又叫皂荚树，村民习惯了叫皂角树。绿的叶，黄的花，花儿盛开时一大串，皂角长长的，扁扁的，垂直地挂满了大树中间，像一串串静止的风铃。皂角成熟的季节，大人把它拿去当肥皂洗衣服。当时没有什么洗衣粉、香皂之类的东西，村民们就想到了种植这样一棵树种，全村人被罩衣服的浆洗全解决了。

也不知道皂角树有多少年的历史？也不知道皂角树服务了多少代人？海军老弟在信中说，或许是树老了，树肚子被虫吃空了，最后只好被村民们锯掉。

或许吧，锯掉的只是一棵树，但留下的却是几百年来给全村百姓带来福祉的树魂。

除皂角树外，细德宝垮子前面有一棵大枫树，人称"枫树大王"。金福垮子山上有一棵大松树，又称"一把伞"。"枫树大王"就在垮子对面，五六百米的距离，打开门就能看得见。大枫树比皂角树生长得更加茂盛，这要缘于它生长在田间地头，容易吸收营养和水分。大枫树垂直高大，英姿挺拔，树冠逐渐敞开呈圆形，树干要好几个大人合围才抱得住。树枝棕红色，还有小孔，树叶如手掌般大小，叶柄细长，稍有轻风，便会摇曳不定，互相摩擦，发出"哗啦哗啦"的响声。

秋天里，枫叶红遍，枫树犹如一堆巨型篝火，把整个细德宝垮子照耀得富丽堂皇。

枫叶不仅美丽，更有轻柔的一面。秋风吹来时，片片红叶翩翩落地，迎着风，跳着舞，落地时悄无声息。她们结伴而行，再一次把大地染红。

可敬的枫树，多情的枫叶！

后来，枫树被锯倒在地，木材制作成了当时东井公社一些学校的课桌。雄安老弟告诉我，枫树曾经倒下的地方，村民种菜或用作田地，这一家人就会大祸临头。也不知道是真是假，或是巧合，确实发生过有人得重病或死亡的事。从此，再也没有人去惊动那块圣地，在全村人心里，大家早已把枫树当作神灵一样供奉。

可以想象得到，当伐木者用锋利的钢锯一寸一寸地从左到右、从右向左移动时，碎屑馨香，直沁人心。钢锯的响声像是一台留声机，不停地诉说着枫树经历的无数风霜雪雨。枫树一圈圈年轮也大白于天下，一年又一年，十年还十年，枫树的历史，也正是家乡的历史。

4

人民公社时期大搞农田水利建设，谁也没有马虎。那时候虽然没钱，但有一股子团结的精神。后底沟塘快要溃堤时，全村人扛的扛，挑的挑，挖的挖，铲的铲，硬是把塘堤筑得宽厚严实。

那是我第一次见到大人打夯时的劳动场面，以后再也没见过。刚开始，筑牢塘堤是用木夯，用一块沉甸甸的木桩来夯砸。木夯用粗大圆木做成，很重。八个青壮年男子握住四根木桩的各一头，友文叔站在一旁领唱"打夯歌"。

"大家抬起来呀——"友文叔的喊声，自胸中喷出。

八个人同时和唱："哎嗨哟哟！"

大家一句一句地唱，一夯一夯地砸。夯歪了，友文叔又唱了起来："西边歪半夯啊——"

大家一听，又一声"哎嗨哟哟！"

下一夯就主动往东抬一些。若夯往北边歪了，一声

"大家往南砸呀——"，自然就砸塘堤的南面了。

"打夯歌"的词儿既有传统的，也有即兴现编的，或庄重，或诙谐，或平实。我记得有一段是笑话友根叔的，忘记是谁领唱的了。

"友根弟也——"大家"哎嗨哟哟!"跟了上去。

　　　　"想媳妇也——""哎嗨哟哟!"

　　　　"媳妇娃也——""哎嗨哟哟!"

　　　　"带银箍也——""哎嗨哟哟!"

　　　　"早栽田也——""哎嗨哟哟!"

　　　　"早割谷也——""哎嗨哟哟!"

　　　　"早生儿也——""哎嗨哟哟!"

　　　　"早享福也——""哎嗨哟哟!"

大家边笑边唱，歌声粗犷深沉，把整个岱山都震动了。孩子们经常一放学就跑去看，有调皮的小孩连学都不上，跟着大人看热闹。等塘堤的土层比较结实后，后面又改用石夯，即抬起一个小石磙来砸，这时候大家更卖力，更辛苦，好在打夯的歌声一阵接一阵更激越了，不断鼓足了大家的干劲。

垮子前面有一个叫"抽水台"的地方，小时候我们都喜欢在那里玩。抽水台其实是一个地势高的过渡水渠。双抢季节，村民利用抽水台的作用，让梁子湖的水灌溉大部分农田。抽水管是一个大圆筒，铁家伙，"轰隆隆"的柴油机一响，铁筒子里的水往上直冒。我每天上学、放学都要路过这里，经常玩得全身湿透，书包放在一边经常找不着。

有一年，大人们在细莲子塘搞抗旱，要把塘里的水抽出来灌溉水田，但又没有柴油机和水泵。于是，友金、友回和友国叔几个人找来了一个大的胶水管，很笨重。隔着凸起的塘堤，水管的一头连着水塘，一头连着低处的水田，先把水管灌满水后，又同时把水管放下，放水时在吸引力作用下，把塘里的水吸出来。大家不想去破坏塘堤，也懒得挖，就想出这么一个笨办法。试验了好多次，直到快收工回家时，才试验成功。

那时抗旱还经常用到水车，通过水车把低处的水往高处抽。如果哪一个塘堰的水抽干了，竭泽而渔，那是孩子们最高兴的事。水车要用一个像拐杖一样的棍子，用手一拉一推才能车水，也有些地方的水车是用脚踩的。车水是很累的活计，需要几班人轮换才行。有的地方如果地势特别高，可以通过水能的作用推着水车自动转着抽水，水车如过山车一样。水车在生产队时期用，实行土地承包到户以后，水车太笨重，家庭劳动力少，无法操作，所以干脆没人用了。这样一来，遇上大旱年月，各家各户的水田灌溉成了问题。天下雨时田里蓄了一点水，上一家田里的水因田埂漏水等原因，会漏到下一家的田里。或者个别别有用心的人，偷偷地把别人家的"田缺"挖开，让水放到自家的田里。村民经常为这些不大不小的事情相互吵嘴、打架。

5

"我有一时，曾经屡次忆起儿时在故乡所吃的蔬果：菱角、罗汉豆、茭白、香瓜。凡这些，都是极其鲜美可口的；都曾是使我思乡的蛊惑。后来，我在久别之后尝到了，也不过如此；惟独在记忆上，还有旧来的意味留存。他们也许要哄骗我一生，使我时时反顾。"这是鲁迅先生的原话。我也一样，舌尖上的味道最不可忘却。

端午节，第一件事是小孩有鸡蛋吃。大部分人家会煮上几个鸡蛋，把鸡蛋染成红色，有的用彩线钩织成一个小网袋，把红鸡蛋装在网袋里，挂在小孩儿的脖子上，说是小孩儿吃了鸡蛋会顺利成长。吃鸡蛋的另一层意思是，春季，是一年的开始，把最新鲜的鸡蛋先让小孩儿吃。久而久之，就形成了端午节给小孩儿吃红鸡蛋的习惯。第二件事是吃包子。当时大家经常吃不饱肚子，整个春季，是青黄不接的饥荒季节。终于收割了小麦，一大早，孩子们把牛牵到面前山放养，面前山的包子叶最多，圆形，比大人的巴掌还大，正适合蒸包子用。包子叶香，新面粉香，包子吃起来既香又甜。大部分人家又把包子叫馍馍，与西北人的叫法一致。此时，大人都会去邻居家串门，有的也叫小孩儿去，拿着家里刚做好的香甜馍馍，给你家尝尝，给他家尝尝，看谁家的馍馍做得最白、最泡、最大、最好吃。

14

接下来的节日是农历七月十四，南方人称作"鬼节"。这一天，偶尔能吃到汤圆，汤圆可是奢侈品。中秋节，手勤的农家妇女会做芝麻饼，也只做几个，也就是现在的月饼。但并不是每家都有，那时候生产队芝麻种得少，分到各家各户更少，我家能吃得上当然少之又少了。

春节来临，从腊月二十四开始就热闹了起来。家乡有一首童谣：二十三，打扬尘；二十四，送灶神；二十五，打豆腐；二十六，剁鱼肉；二十七，年糕蜜；二十八，杀老鸭；二十九，家家有；三十夜，鼎罐呱，问里面呱的什么东西，原来是一只老母鸡。

童谣归童谣，鱼肉鸡鸭少得可怜。但年还是要过，穷年不穷节，吃多吃少，吃好吃坏，只有自己知道。大年初一，我有时能吃到伯父做的糯米糍粑，花生、黄豆、绿豆和着芝麻的香味，总是那么诱人。

过年过节偶尔有好吃的，平时好多日子却是饿着的。有一句俗话："肥正月，瘦二月，半死不活三四月。"一次，我去余文鳌村细姨妈家，她家里正在请木工打家具，请木工还要管三餐饭吃，饭也不能吃得太差。我去时正好赶上吃中午饭，正吃着腌菜，突然上来一小碟红烧肉，我眼红，嘴更馋，很快地夹了一块肉吃。刚好姨妈端菜过来看到，狠狠地剜了我一眼，我这才不敢再吃。我不懂，后来问大人才知道，原来这碟肉叫"看肉"，就像湖北农村等地的红白喜事，每次餐桌上都会有整条的鱼，有大碗的肉。因为大喜事要吃好几顿饭，鱼和肉是不能当时吃的，等到最后一餐才能吃完。还有一次吃肉是在少峰村外婆家，当时，十来岁吧，我经常跟贵萍、亚萍表妹她们一起去外婆家玩。一天吃饭时，外婆像是变戏法似的，她把床上睡的被子掀起，被子下面是一个大木柜，打开柜盖，从里面拿出小半碗红烧肉来，我和表妹几个每人一块，吃得满口流津。

红烧肉毕竟一年中极少吃到，平时还得生存。春天万物复苏，好吃的也多。一场绵绵春雨过后，与孩子们一道去石头山捡地皮菜。地皮菜又名地耳、地衣、地木耳、地软儿、地瓜皮等，滑滑的，软软的，打汤或炒鸡蛋最好吃。刚开始时捡得少，吃多了才知道味道香脆。

不仅仅有地皮菜，还有蕨菜。有些地方还把蕨菜叫拳头菜、猫爪、龙头菜等。当时吃蕨菜的人不多，大概是不懂吃的缘故。蕨菜要等刚发芽长成嫩尖时才能吃，待长大了就不能吃了。正如竹笋，到长成竹子的时候又是一种说法了。长大了的蕨菜村民叫"家家禾"，村民还有一句俗话：砍柴莫砍"家家禾"，娶媳妇莫娶"通山婆"。村民把长大了的"家家禾"根本不当回事，只知道它的繁殖力极强，漫山遍野都是，既不成材，又不耐烧，冬天枯黄时还不如稻草。有一年春天，我回家时同泽栋老弟在岱山顶上，采摘了一大捆嫩绿蕨菜，回家用沸水烫后，再浸入凉水中除去异味，拌以佐料，清香滑润，凉爽可口，是难得的下酒菜。下次春天里回家，记得还去岱山。

不仅仅有蕨菜，还有野生菌。村庄岱山、面前山的草丛间，树根底下，随处可见。有红的、白的、绿的、灰的、黑的和黄色的胭脂菌、火炭菌、牛屎菌等各类菌种不等。特别是初夏时节，雨过天晴，野生菌疯一样生长。我小时候吃得不多，只知道味道鲜美。但并不是所有的野生菌都能吃，野生菌还分为野生食用菌和有毒性成分菌两种。听大人说，过去因为不懂，吃到有毒的野生菌后差点闹出人命，所以好些人家不敢随便吃。

同样是一场场绵绵春雨过后，村口的水田装得满满当当，田缺口开始放水，放水的声音有大的、小的、急的、缓的，如一首田园畅想曲，昼夜不停地欢唱。这时候孩子们最高兴，有的拿盆，有的拿桶，有的拿筲箕，到田缺口捉小鱼，捉泥鳅，捉黄鳝。好的时候会捉好几斤。有时在大人犁田的时候，小孩儿就会乐颠颠地跟在大人屁股后面捡泥鳅黄鳝。再就是早晚两季秧苗刚冒青时，每到傍晚，泥鳅黄鳝趁着夜色，纷纷溜到泥巴上面和秧苗旁边呼吸氧气，孩子们个个左手举着火把，右手拿着一根钉耙之类的棍子，棍前面绑着一根根细细的钢针，照到泥鳅黄鳝时，一棍下去，百分之百命中。

除此外，还有许多好吃的野菜。如春天里，我们经常到田间地头挖苦菜花，苦菜花其实不苦，在北方一些地区当主菜。水田里红花草成熟的季节，红花草尖特别嫩特别好吃。还有像地儿菜、蒿叶、野葱、野萝卜缨等，用蒿叶和野葱做的米粑味道更香。因为穷困，许多野菜不是吃着好玩，而是用来充饥。芝麻叶，叶子上面长有茸茸的毛，很多人没吃过，许多人家把芝麻叶晒干后也当作主菜吃。茗叶，又叫地瓜苗、红薯藤，现在都摆在了城市餐桌上，也是当时的主菜。其实晒干当腌菜吃，更是别有风味。

禾　场

禾场又叫稻场，村民们习惯叫禾场。

建一个禾场不太难。秋收后，找一块高地，也就是便于滤水的田，挖好周围的排水沟，把田里的水彻底排干。趁天气晴朗干燥，把谷茬割得与地一样平。让田晒得差不多了，就开始用牛拉着石磙，反复碾压至平整。

垮子里的禾场很大，是全村庄稼收割后的集散地。禾场建在面前山脚下，四五亩，是好几块田拼成的。

每年五月，麦子金黄，禾场就忙开了。七月，早稻收割开始，禾场开始沸腾起来。前后一个多月的时间，全村几百亩田的稻谷全都到禾场堆积、脱粒、收晒。十月秋收，更是禾场"谷满仓、粮满屯"的收获节季。

那年月，柴油脱粒机还没有普及，稻谷脱粒靠传统的石磙碾压。从田里收割完的稻禾挑到禾场，散开后把整个禾场铺满，稻禾经太阳暴晒后，再用牛拉着石磙碾压。牛在前，石磙在后，人在旁边赶着牛走，来来回回，反反复复，要抢时间，每天分好几个批次，赶牛的人和被赶的牛，晚上轮流休息，石磙不停。

谷粒与稻禾分离后，和着杂草茬儿在禾场里晒干，接下来就是"扬锨"了。农村人把扬锨叫作"扬谷"，仍是传统手工作业。扬谷很有技巧，垮子里只有像六爹、四爹和孝盛爹这些长辈才能掌握得好。扬锨的工具是锨板，木质的，像铲子一样的东西，但比铲子宽大。东风或东南风刮起时，看着六爹握着锨板，就像看一幅优美动人的画卷：阳光下，风声里，偌大的一个禾场，一位村民，倾尽全力，张开双臂，"呜"的一声吆喝，谷粒铲了起来，往空中一抛，一道金黄色的弧线在空中飘洒起来，风儿把杂草茬儿吹了起来，慢慢地，慢慢地，草儿茬儿落在了一边，谷粒重些，落在了一堆。别小看这简单的一扬起，一落地，它是村民们千百年来劳动智慧的结晶。

谷粒与稻禾分离的方法之二是通过扇车来解决。扇车又叫风车，算是半机械化吧，它有时也摆在禾场上。风车都是农村木工师傅制作的，高一点五米左右，长两米多。风车顶上有一个漏斗，便于倒进米粒。漏斗下面是分隔着的两个风车厢，其中的一个风车厢与外面是敞开的。风车厢中间装有一个四页的木制扇片，扇片外面装有摇柄。风车的漏斗下面还有一个长方形开口，有一个木片活门控制谷粒倒进的多少。倒谷粒与手摇风扇同时进行，谷粒重些，不受风扇气流的影响，直接掉落在了其中的车厢内，杂草茬儿就被吹在了外面。

由于生产队打出来的粮食多，而风车的效率比扬谷的效率低得多，所以使用不多，风车后来主要用于大米与糠秕的分离。

谷禾分离后，剩下的稻草要集中起来，捆成一捆捆，堆成草垛。堆草垛也要有经验的村民才会堆。草垛是我们儿时玩耍的好场所，同样是冬天，把牛牵到草垛下吃草，在草垛下面玩过家家，捉迷藏，掏鸟窝，打闹嬉戏，直至天黑不知道回家。冬天里，草垛里的稻草会一捆捆放了下来，是村里几十头黄牛、水牛的粮食，也是黄牛、水牛睡觉御寒的棉被。

禾场里除了晒谷打谷（村民都这么叫，把堆积、脱粒、收晒等统称为打谷晒谷）外，还有黄豆、芝麻、绿豆等杂粮丰收的时候，禾场里同样热闹。刚收割的黄豆萁也要进行暴晒，差不多晒干时，铺满全禾场，此时不能用石磙碾压了，一碾就碎了。村民们用一个叫作"棱杖"类的工具来敲打，实际就是打连枷，北方一些农村地区还叫"打场"。连枷很特别，考虑到耐甩打，分为"把子"和"条子"两部分。"把子"是两米多长的竹竿，"条子"用布料缠绕紧四五根五六十厘米左右的竹片，形成一个长方形板块。板块一头连接着竹竿，竹竿上钻有一个洞，把"条子"捆扎在"把子"上，"条子"就能自由转动了。村民拿着连枷，不停地在晒干的豆萁上甩打，每次甩打，发出"噼噼啪啪"的声响，很重，也很脆，黄豆就会从豆萁中蹦了出来。农村妇女一般都干这活。有时多人排队成行打连枷，面对面，边走边打，此起彼落，节奏感很强。

一个个草垛堆了起来，稻谷进了仓，秧苗插进田，村民们的心放松了些。但七八月的天，三伏的天，炎热得让人受不了。白天的毒日头，晚上的热浪气，家家户户没有风扇，更没有空调，湖北、湖南等地夏天有睡竹床乘凉的习惯，农村也是如此。

竹床乘凉，也摆在禾场上面。

除了面前山脚下的大禾场外，我家老屋的前面，也有一个小禾场。天还没黑，许多村民开始在禾场里占地盘，先用一盆盆水把禾场地面浇湿，既降温又减少灰尘。晚饭后，禾场里排满竹床，有些家庭人多，竹床不够，干脆拿几条长条板凳，也有卸下自家门板来代替的。坐在竹床上乘凉的人，手里都拿着一把蒲扇，蒲扇由棕榈树叶做成，市场上很便宜，到处有卖的，我来南方好多年没见过这样的蒲扇了。男人大都光着膀子，穿一条大裤衩。女人也穿得少，穿件背心之类衣服挡挡就行。孩子们则在地上窜来窜去地玩。刚开始，天气炎热难睡，大家躺着的，坐着的，谈天说地，打情骂俏，什么都有。有时候，大人会告诉我，天上哪一颗是牛郎织女星，哪一颗是北斗星，还讲牛郎织女每年七月初七相会的故事，好久好久，人们才能入睡。但再热的天，下半夜会有露水，一般人都受不了，再把竹床搬回家去睡。也有不少年轻人，一直睡到第二天太阳出山晒屁股才回家。

禾场里最多最热闹的一次乘凉，是 20 世纪 70 年代末垮子里闹地震的时候。全村男女老少都跑了出来，禾场里实在塞不下，就到村头后背垴的黄土坡上睡。地震闹了好几天，大家天天都比平时吃得好，因为饿瘦了，借机肥肥肚子。集体的几头猪杀了，有的人把自家的狗和偷偷养的几只鸡鸭鹅都杀了，就只差一点没把耕牛杀掉吃完。大家都知道一年前发生的唐山地震，死了那么多人，假如真的地震来了，也不知道是死是活，吃一回算一回。吃完了，十多天后，啥震也没有，是一次闹剧而已。

农村娱乐活动少得可怜，其中一个活动，是有力气的青壮年男人爱玩的。禾场里总会有几个大小不等的石碌，石碌是长方形的，大家就会将石碌竖着翻起来，像一个人翻筋斗一样，这叫玩"石碌花"。看谁翻得多，翻得快，谁的力气最大。小的石碌也都有二三百斤重，没有一定的腰力、脚力、腕力，是完不成翻滚动作的。翻石碌动作难度高，手脚协调要好，有的人会把石碌从禾场这头翻到另一头。

另一个活动是在禾场里打陀螺。陀螺都是小孩自己用一根木棍锯成一截后，再用刀砍、削、刮，工序并不简单。打陀螺的鞭子，也是小孩自己缠紧一根布条或一根绳子做的。打陀螺一般是在大禾场，一鞭过去，"啪"的一声，陀螺被甩出很远，又飞快落地。落地后不停旋转，待转速慢了些，孩子们又是一鞭过去，又是"啪"的一声。玩陀螺还有讲究，下午放完学，或放牛回到家后，孩子们都会拿出各自的陀螺来到禾场，相互比试比试。谁的鞭子好，陀螺制作得好，谁把陀螺在空中抛得越高越远，在地上转速就越快，转的时间就越长，孩子们就佩服谁。

五 米 弟

1

五米已经读到二年级了，他个头不高，脸长得白净。尖下巴，嘴里的两颗门牙早没了。小眼睛，说话时一眨一眨的。他是孩子们当中的捣蛋鬼，一肚子的馊主意，塆子的人给他取了一个外号——"缠不得"。

昨天五米做的一件事，全塆子的人都在骂他：这个"缠不得"的东西！

天蓝得很，白云悠悠地飘荡着，两排鸿雁整齐地列着横队，振翅高飞，它们相互呐喊着，鼓励着，使着劲，飞向白云深处，飞向远方。面前山的包子叶长出了手掌大，一只蚂蚱飞在了上面，包子叶不停地晃荡。蚂蚱终于停不住了，两三秒钟的时间，又飞走了。五米早晨去屋基林放牛时，他妈妈交代说，家里坛子的腌苕叶快没了，要他顺便挖些地儿菜或是黄花菜回来吃。他妈妈姓熊，我该称她熊娘。熊娘先到牛栏里牵了牛，还特意将一把短的小锄子和一个小竹篮递到了五米手上。

五米一边牵着牛儿吃草，一边在田畦上挖了好几棵地儿菜。我和垮子里放牛的小伙伴也经常挖野菜，除地儿菜外，还有黄花菜、灯笼草、野蒿、野葱、野韭菜、野蕨菜什么的全都熟悉得很。五米刚刚高兴地挖了一棵大点的野菜，一旁的牛儿张开两条大腿，就在路上"啪啪"地拉了一大堆牛屎，臭得五米躲闪到了一边，牛屎还喷洒到了他身上。

五米的坏主意马上在脑壳里面转动起来，立即停止了挖野菜，干脆把脚上的那双破得不能再破的布鞋甩在了路边，还把牛绳丢在牛背上让牛儿自己吃草去。他挥起小锄子，在牛粪旁边的路上挖了起来。挖呀，挖呀，差不多挖了半个多时辰，挖得他全身是汗水，总算在路正中间挖了一个深坑。于是，五米把那一大堆牛屎用锄子捞进坑里，看到还填不满，又去周围找了两堆牛屎也捞了进去。就这样，五米非常满意地把刚挖出来的黄土盖在了牛屎坑上面，又抓了几把旧的灰土洒在上面，还捡了好几片枯黄的树叶也洒在了上面。五米感觉做得天衣无缝，谁也看不出来路下面是牛屎坑。

一切就绪后，五米眯着小眼睛得意地笑了起来，缺了两颗门牙的黑洞洞露了出来。他来到了一棵大树底下，屁股坐在了地上，头靠在树上，脚跷得老高，脚掌还不停地晃动。这地方很隐蔽，过路的人看不到他，他却能清楚地看到别人。五米拍打着脚指头上的泥土，口里还唱着："我在马路边，捡到一分钱，把它交给警察叔叔手里面……"歌还没唱完，鼻子里一条长长的鼻涕掉了出来。五米前两天有点感冒，鼻子齉齉的，今天一冷一热一出汗，麻烦就来了。他随手擤了一下，发出一阵哨音，还擤到了树上。他又把鼻涕在自己的破衣服上揩了揩，揩了几次，总算把鼻涕揩干净了，鼻子却还在齉。

五米开始了漫长的等待，坐了差不多半个时辰，脚指头上的泥土早被他拍打干净了，又擤了好多次鼻涕。过一会儿，五米用小手抓头上的虱子，抓了一个又一个，抓到

28

一个后，他放在嘴里咬一口，咬牙切齿地念叨着："狗日的虱子，你敢咬我，老子先咬死你，咬死你。"咬完后，他还边骂边跺着脚。脚跺完了，他自己觉得奇怪起来，今天这条路上怎么没有人来往呢？

又过了十来分钟，不远处一个中年模样的男人从路的那一头走了过来。这个男人的头发明显用水冲洗过，上身穿了一件天蓝色褂子，尽管衣服旧得泛白了，领子还有补过的痕迹，但是还算干净。男人的裤子也旧，裤带是用一根麻绳代替的，麻绳头都露在衣角外面。男人脚上穿了一双灯芯绒松紧布鞋，是新鞋，有点扎眼。他手上还提了一条两三斤重的鲤鱼，一晃一晃的，是新鲜鱼。五米心想，这个人肯定是梁子湖附近哪一个垮子里的，只有湖边的人偶尔能吃到那么大的鱼。因此，五米断定这个男人一定是去亲戚家里送礼的。

这么想了以后，五米又笑了起来，不过这次他用小手把嘴巴蒙住了，怕笑出声来。男人离牛屎坑越来越近，越来越近了，一步，两步……"扑通"一声，男人倒下了。男人的左脚踏进了牛屎坑，右脚跨了过去，身子前倾扑倒在地上，鲤鱼也重重在摔在了路上。男人趴在地上明白过来时，脸上、鼻子上、嘴巴上、衣服上也都全是灰土。左脚膝盖以下还在牛屎坑里面，等他把脚慢慢拔出来时，裤子上，脚上全是牛屎，新的灯芯绒松紧布鞋也掉在坑底了。男人露出很心疼的样子，只见他再次将满是牛粪的左脚踏进牛屎坑，慢慢地，慢慢地，一次，掉了，第二次，终于把新鞋套了出来。男人一边套，口里一边在骂人。骂些什么话，五米没听清，但他知道肯定是在骂自己。他才不管那么多，一个劲地偷着笑，一直用小手把嘴巴捂得紧紧的。

原来这位中年男人是国华叔的一个亲戚，这天是他的大侄儿太发做满月，亲戚是到他大哥家里来送礼的。这件事情发生后，大家都猜不出来是谁干的。国华叔的一家人都还说，不一定是自己塆子里人，说不准是细德宝或是丛林塆子的人干的。不过，后来听这位亲戚仔细描述，他说路的旁边有一头两三岁的小黄牛，就是不见人。小黄牛长得很瘦，牛角很直，一点都没弯，牛屁股后面还有一处白色杂毛。大家这才恍然大悟，这正是五米家的小黄牛。

为了这件事，国华叔来到我家里，说五米害了他的亲戚，哪天要找机会收拾收拾他。我说也是，绍文老弟早就向我告了他的状，说他和五米打玻璃球赢的纸贴，被五米都抢跑了，晚上好不容易抓了一瓶萤火虫，也被五米骗走了。不仅这些，五米还把大癞子志明老弟的三本小人书撕坏了，叫他赔偿，他一直在耍赖。

收拾五米的机会还没找到，他又做了一件得罪我的事。

学校里下午最后一节语文课，五米不但不认真听讲，还把前排一个小女孩的长辫子，用削笔刀割去了一截，小女孩吓得大哭起来。当时刚好是我伯父教的课，伯父拿起小尺子把他的小手打了两下，并要他给小女孩赔礼道歉。他假装着赔礼了，心里却不服气。

垮子里去金福小学有一条路，窄小得比田畦宽不了多少，小路两旁长满了长长的茅草。放学的时候，五米一个人故意掉在了后面，他在一处最窄小的路段，偷偷地把小路两边的茅草打结在一起，还打结了好几个地方，每一处系得又紧又牢。打完结后，五米跑到抽水台后面的斜坡上躲藏了起来。我伯父当时是小学校长，他每天这个时候才从学校回家，伯父走着走着，一不小心就被打了结的茅草绊倒了，整个人倒在了水田里，爬起来时满身泥水。

2

伯父在学校查了几天才查出来是五米做的坏事，并没有责怪他。这天晚上，我跑到了国华叔家里，两个人嘀咕着如何收拾五米，还把"补套鞋"的绍焱哥、"塌鼻子"春分、"懒蛇"绍文、"大瘌子"志明几个老弟和四清都叫齐了。每个人差不多都有外号，平时大家叫习惯了。

第二天刚好是星期六，机会来了，谁谁做什么都分了工。

面前山上的一棵棵松树下面，长出了朵朵白色的野生菌，菌杆瘦长，支撑着伞一样的菌丝体。山脚下旱地里的豌豆秧开出了蓝的、紫的、白的花儿，一只只小蜜蜂"嗡嗡"地在花朵间飞来飞去。一棵高高的泡桐树盛开着蓝中带白、白中带紫的喇叭形状的花朵，又大又好看。还有几棵弯弯的桐籽树，叶子长得有小孩巴掌那么大，郁郁葱葱。桐籽果长了出来，青的，圆的，比鸡蛋小点。

志明老弟与五米家是隔壁邻居，他一大早去邀五米出来放牛的。五米不愿出来，还说平时讨厌我和国华叔这些小伙伴们，不想跟大家来往。志明老弟厚着脸皮死缠硬磨，五米最终还是答应了。五米出门时仰着脑袋，露出一副傲慢的样子，走起路来都比别人慢，其他人已经陆陆续续地把牛都牵到面前山放养。绍焱哥的眼睛小，嘴巴也小，头发总是鬈曲着，还发黄，脸色却白得很。他家的小母牛正在发情期，吃草不老实，在山上到处窜，四处招惹公牛。国华叔对着大家说，今天小伙伴们来得比较齐，我们要在这里搞一个橡皮弹弓射击比赛，看谁厉害，谁第一名，省得今后个个在外面吹牛皮。

塆子许多人只知道石头山后面有个大石头窖，其实，面前山的山腰上也有一个石头窖，不知道是塆子的哪一辈人炸取石料时遗留下来的。石头窖面积很大，有好多炸下来的大石料躺在了那里，小伙伴们钻进去玩时，外面的人根本看不到。

绍文老弟早就从树上摘来了好多青色的桐籽果，放在一个大石头的顶端，十多米远的距离，每个人用橡皮弹弓来瞄准。五米是第一个瞄准的，三轮下来他已经打掉三个桐籽果。春分老弟打了两个，四清打了四个，成绩最好。

绍文老弟打了零蛋，气得他把橡皮弹弓摔在了地上，口里还骂了一句脏话。

大家玩得正尽兴，我和国华叔使了一个眼色，叫了一声"补套鞋的"。刹那间，所有人一齐动手，把五米的双手和双脚给捉住按倒在了一块大石料上面。五米大声叫起来："你们要干什么？你们要干什么？"

国华叔说："把他的裤子脱掉，拿辣椒来。"

"早就准备好了。"绍文老弟急忙回答。

"把辣椒擦在他的屁股眼上，看他还害不害我们?"

绍文老弟早把昨天准备好的野山椒拿了出来，野山椒又小又辣，涂抹到屁股眼上要痛苦好多天，那可不是闹着玩的。

五米的裤子早被脱光了，小鸡鸡都露了出来，又白又嫩的屁股上却长满了疥疮。农村卫生条件差，小伙伴们差不多个个都长这玩意儿。疥疮奇痒得很，手不能去抓，越抓越痒。五米的大腿、小腿和后背到处还有蚊子叮咬的疤痕。

"我不知道是你们家的亲戚，我也不知道是张校长，我不是故意的，不是的。"五米在石料上哭了起来，"呜呜"地哭得很伤心。

绍文老弟才不管他这些，平时被五米欺负多了，现在刚好找到机会报复。他使劲地去把五米的屁股眼掰开，想把辣椒往里面塞。没想到的是，他掰着掰着，突然闻到了一股臭味，立马跑开了。他边跑边笑着说："他早上拉屎的屁股没擦干净，好臭。"

小伙伴们都笑了起来，都在不约而同地喊："真臭，五米真臭，五米真臭。"

五米拼命地哭，哭声越来越大了。孩子们最爱臭面子，自尊心极强，这比打他骂他还要丢人。

"大家不要松手，按紧点。屁股臭，就把辣椒往小鸡鸡里擦，看他今后还害不害人?"国华叔边说着话边忍不住在笑。

"不了，不了，下次不敢了。哎呀，哎呀，你们按轻点，下次不敢了……"大约是小伙伴们把他按在石头上按痛了，五米的哭声特别大，还很刺耳，哭声里带着求饶。那场面就像是王家铺镇上的兽医经常来垮子里劁猪儿，猪儿还没劁之前，被人们捉住四只脚按在地上的时候，就是这么嚎叫的。

"你不要把今天的事告诉家里大人，小心下次大家整死你。"我站在一旁担心他回家告诉父母，那麻烦就大了。

"不说，不说，打死也不说。"五米还在哭。

小伙伴们这才把五米松开，我和国华叔也算松了一口气，这回算是轻饶了五米。

没想到几天后，绍文老弟又来告诉我，说五米为了报复，昨天早上他把山上所有的鸟窝全掏空了。

垮子周围的山上鸟窝特别多，斑鸠蛋也多，还特别好吃，听大人说很有营养，所以小伙伴们只掏鸟蛋不抓小鸟。当时大家就把石头山、后底沟山、岱山、面前山和屋基林山划分为掏鸟窝的几个片区。五米是属于屋基林山片区的，那里面大多生长了竹子，鸟窝相对少点，其他小伙伴都分在了其他的鸟窝片区。

我听了也很生气，对绍文老弟说，你先别管他，下次找机会给他算总账。

3

读三年级的时候，附近哪个垮子里放电影，哪怕是熊思钦、楠竹林、上柯等远些的垮子，我和国华叔都会相约小伙伴们一起去。有时怕晚上回家看不见，经常会打几个火把。制作火把不难，砍了一截竹竿，把一些破的布片缠绕在一头，醮上柴油就行了。生产队有一台手扶拖拉机，柴油是小伙伴们晚上从那里偷来的。

慢慢地，我们看电影少了，看黑白电视的机会多了起来。垮子里当然没有，沼山公社的邮政所、农机站和供销社等好几个单位都有那新鲜玩意儿。当时的李双江、李谷一、关牧村、朱明瑛等歌唱家，都是从电视里认识的。电视里的歌唱得好听，电影片又多，小伙伴们着迷了，所以每天大家在家吃完晚饭后就往公社里跑。但是看多了，单位上的人总是驱赶孩子们。

夏天的晚上，生产队在下垄几处田畦上架起了油灯。油灯其实是用夜壶代替的，夜壶的肚子里装满了柴油，壶盖封住了，壶嘴塞上布捻。夜壶下面是一个装了水的大木桶，水上面还漂浮有一层油。布捻点亮燃起时，飞蛾和稻飞虱等害虫都飞过来，它们傻乎乎地勇往直前地飞啊跳啊撞啊，翅膀碰到火苗时就烧没了，全都掉落在了油桶里面，再也爬不起来了。这比喷洒"呋喃丹""敌百虫"的农药还要奏效。

大伙走在一条凹凸不平的小路上说说笑笑，星星在马鞍山的上空眨巴着眼睛，上畈田垄间几盏夜壶灯在微风中不停地闪烁。我们无心观看夜景，急匆匆地来到粮店球场外面。没有电风扇，所有人都是在露天边乘凉边看电视。粮店几个职工正在把一个装着电视机的木柜子往外面搬，木柜子还上了锁，大约是防止电视机被盗。职工们还把一个竹竿绑着的圆圆的天线，随着黑白电视机上一个个频道的转换，天线也跟着转动。电视机上的雪花点慢慢没了，图像出来了，他们再把圆圆的天线固定下来。天线或是插在松土上，或是靠在哪一个开阔的地方。粮店职工们大都坐在大小椅子上，小伙伴们只能是站着，也有干脆坐在了沙地上，或是找了块草皮坐了下来。电视里正播放电影《鸡毛信》，我们个个看得起劲，正在为儿童团长海娃担心的时候，一个领导模样的人从办公室走了出来，"啪"的一声把电视机关掉了，还把电视柜门锁上了。

"你们这些小孩是哪个塆子里的，一个个像叫花子一样，以后不准许来这里看电视了，我们这是国营单位，单位有单位的规矩，成何体统……"

这个领导模样人说话很凶，声音也大，后面他还在扯什么狗屁话，大家早听不下去了，快快地走出粮店大门后生着闷气，嘴里不停地骂他爷爷他娘他奶奶，脑海里还沉浸在《鸡毛信》的故事里，还在担心海娃是不是被日本鬼子打死了？

"他明显是在欺负我们小孩，今天老子是光脚不怕穿鞋的，怕什么？砸粮店的玻璃窗，砸死他们。"五米突然提议说。

春分老弟说："被大人抓到怎么办？"

"怎么可能？动作利索点，我们跑快点。"四清说。

"那好，把火把扔掉，不要了。现在每个人到地上找好石头子，要大点的，听我的命令。还有谁怕事不砸的，现在就回家。但是无论怎么样都不能告诉家里大人。"国华叔接着说。

"没有，不回家，砸粮店。"大家回答的声音很干脆。

黑灯瞎火的，大家在地上摸了好一阵子。五米第一个说："找到了半块砖，看我的。"

"不要挤在一起，散开些，准备好石头，准备……砸!"

"砰……砰砰……哗啦啦……"黑夜里砸玻璃的声音特别响，连旁边艾家垮的人都听得一清二楚，他们都被这突如其来的响声给吓愣住了，还未明白是咋回事，粮店靠北面墙上的窗户玻璃瞬间全被砸碎。小伙伴们个个撒腿就跑，夜幕很快淹没了孩子们飞跑起来的尘土。

第二天放学的路上，国华叔还表扬了五米，大家都说他昨晚的提议好。五米说他一个人砸了四个窗户，说话时还露出了狡黠的笑容，两颗缺了门牙的黑洞洞又露了出来。

4

垮子里除了上垄下垄的百亩水田外，再就是枫树大王旁边的坡地，面积二三百亩，土质松软，肥沃养人。每年的棉花、红苕、黄豆和小麦收成全靠这里了。坡地的右边是孟家垮，左边是细德宝垮。

坡地的后面的山岭叫天灯垴，这是丛林大队与少峰大队的分水岭。靠北边连着少峰大屋和细屋两三个垮子。少峰大屋是我外婆家，那是两千多人口的大垮子。舅舅家的几个表妹长得好看，我没事的时候经常会从坡地下面的一条小路上去看她们。坡地分水岭西边有一个又深又大的塘堰，细德宝垮子的人称之为"海子"。海子的周围有大片湿地，绿草茵茵，树木葱茏，正是放牛的好去处。

早晨的太阳从沼山岭上慢慢地飘移了过来，洒在了满是金黄的麦地里。麦秆昨晚被露水打湿过，麦穗上还残留有晶莹透亮的水珠。阳光飘洒过来时，水珠没了，麦穗昂起了头，麦秆直起了腰。一阵微风吹过，麦浪窸窸窣窣地起伏起来，整个的坡地、山川、村庄都飘动了起来。小伙伴们牵着水牛、黄牛、老牛、牛犊，走在麦浪中间地垄上，向着海子的方向进发。人、牛和麦子的个头差不多高，牛儿甩打着尾巴，孩子们甩打着牛鞭，走路的时候还跳起了双脚，嘴里不停地唱着童谣。几只麻雀"叽叽喳喳"地从牛儿身上飞了过去，在麦地上面盘旋几圈，很快又飞远了。

走出了麦浪，穿过棉花地，小伙伴们来到了湿地旁边。牛儿一边吃青草一边发出"哞哞"的欢叫声，大概是因为这里的草鲜嫩可口，便扬扬得意起来。大家找了一个平地，摆开了打玻璃珠的架势。刚打了一会儿，我还赢了两粒珠子。绍文老弟跟我说："海燕哥，你看，天灯堀上有少峰塆子的小孩也在放牛。"

我仔细一看，是少峰细屋的孩子们。少峰大屋和我差不多大放牛的小孩，我基本认得，有的叫老表，有的还叫细舅。

"不管他们，我们玩自己的，看好牛就是，不要让牛跑到他们的地盘上去了，免得惹事。"我对绍文老弟说。

孩子们平时放牛心中确实有"地盘"意识，塆子的山也好，地也好，都与扶山、熊思钦及金福等塆子交界，大家放牛的时候从不越界。就像大人砍柴一样，如果越界了就不叫砍柴了，那叫偷柴，这是老祖宗留下的规矩。

又打了一会儿玻璃珠子，坡顶靠近我们这边的地盘上有两头牛在"触角"，这是放牛娃们习惯的叫法，实际上是两头牛在打架。

"是五米的小黄牛和少峰细屋塆子的黄牛在'触角'。"春分老弟说。

小伙伴们没有心思玩玻璃珠了，全都去看牛"触角"了。

"我看到少峰细屋的牛跑到我们的地盘上来的，五米的牛隔他不远，见是一头陌生的牛，这才打了起来。"绍文老弟接着说。

"五米平时调皮捣蛋，怎么他的牛也跟着好斗，真是奇怪了?"春分老弟开玩笑地说。

五米在一旁听见了，生气地说："关我屁事，又不是我叫牛去打架的，你这个人怎么这么说话。"

小伙伴们走近时，两头牛打得不可开交，对方的牛像是要大一点，但五米的小黄牛毫不示弱，屁股后面那一把杂色的白毛竖了起来，特别显眼。两对牛角缠在一起，牛的身子都站得很稳，你顶一下，我顶一下，谁也不让谁。牛的眼睛都睁得圆圆的，各自喘着粗气，前蹄还不停地刨着地，以示谁怕谁，放招来!

突然，只见五米的小黄牛松开了牛角，趁那头牛不注意，用尽全力刺向了对方牛肚上。对方的牛躲闪不及，重重地挨了一角，差一点没被刺穿牛皮。

现场的气氛顿时热闹起来，小伙伴们尖叫着："触得好，刺死它，刺死它。"

天灯垴的坡地上一片尘土飞扬，杀气腾腾。两头牛势均力敌，四只牛角又纠缠在了一起，八只牛蹄踢打着地面，各自在地上转着圈。对方的牛也弯过身子，用牛角朝五米小黄牛的屁股刺来，五米小黄牛的后腿炮了一蹶子，转身躲开了。

"搞死它，刺死它，看来今天是一个打架的天气。"五米看到自己的牛那么卖力，他挥舞着双手跳了起来，来劲了，冲着自己的牛大声喊。

"对，打就打。"四清来劲了，在一旁大声嚷着。

太阳早已经向天空中间移动，肆无忌惮地照射在大家的头顶上，小伙伴们显得有些燥热。此时，少峰细屋的放牛娃们也都围拢了过来。其中一个年龄大点的男孩站了出来说："打什么架？是你们的牛先冲过来的。"

"是你们的牛先到我们地盘上来吃草的。"卫军老弟说。

"谁看到了？反正是你们的牛先打起来的。"对方还是不服气。

站在一旁的五米火了："你的牛侵犯了我们的地盘，想打架了又怎么样?"

"打就打，以为我怕你?"

对方也有十多个小孩，个头年龄都要比我们偏大偏高些，以为我们人少，多少有些放肆。

"老子还怕你了？你去打听打听我是谁?"五米更加恼火起来，眼睛瞪得圆圆的，拳头握得紧紧的，凶巴巴地直视对方。

双方的孩子们都愤怒了，剑拔弩张，大一点的男孩准备动手。四清、绍文、卫军几个迅速在地上捡起了石块。

国华叔扫视了一遍现场，望了望我，看了看小伙伴们，走近五米旁边嘟囔几句："走，不急，他们人多，硬拼会吃亏，我们先把牛牵开。"

五米听懂了国华叔的话，眼睛乜斜着对方说："有本事你别走，咱们把牛打架的事先解决，牛是大事，老子打死你是小事。"

"看谁狠？看谁打死谁？"对方口气还要大。

两头牛还在竭力对顶着，对方的牛肚子出血了，五米的小黄牛的大腿也在流血。双方都牵住了牛绳，使劲地拉，卫军老弟找来一根竹竿在两个牛头中间猛打。五米一边拉自己的牛，一边说："你给老子让开，你已经赢了，老子现在来替你揍他们。"

或许是牛斗得太累了，或许小黄牛真听懂了五米的话，两头牛终于各自松劲被拉到了一边。志明老弟刚刚把牛牵远了点，小伙伴们手上全都拿起了石头，今天打一架是不可避免了。我和国华叔、绍焱哥、春分和卫军老弟正商量着呢。没想到在海子另一边放牛的细德宝垮子的张文安、张雄安等好些孩子，看到这边热闹都跑过来问怎么回事。张文安还是我读一年级的小学同学。

张文安大致了解完情况说："那还扯什么狗屁蛋，让一个人看好牛，其余的人跟我来！"

我们一共有十六七个小孩，直接从海子的坡底往山顶上冲。张文安和五米冲在了最前面，我和国华叔还有伙伴们紧随其后。那阵势，好家伙，真的有点像部队进攻山头。正当我们快要到达分水岭的时候，少峰细屋的孩子们已经看到了。但是，他们在高处，突然一阵石子猛砸，小伙伴们好几个人脚上、身上被砸中。张文安和五米把手一挥，卧在了一个低凹处停了下来，对方也停了下来。

我和国华叔靠近了过去说："这样不行，我们会吃大亏。"

四清说："我这里有弹弓。"

"共有几只？"

"五只。"

"好，你负责，带'塌鼻子'、'补套鞋'几个打弹弓。我和国华叔从侧面带几个人冲上去，其余人跟在张文安和五米后面。"我急急忙忙分了一下工。

"石子就是我们的武器，现在所有人口袋里都要装满石子，手上也要抓有，打弹弓的更要准备好。要一口气冲上去，没时间到地上去捡了。"张文安接着说。

等我和国华叔摸到另一侧，其余人准备好了石子后，张文安手一挥："冲!"

小伙伴们没有一个贪生怕死的，跑起来比那次砸粮店玻璃窗还要快。五米的腿上中了一块石头，血都流出来了，他毫不顾及，勇敢地冲在最前面大吼大骂，手臂还在不停地掷石子。志明老弟的头被小石子打了一个大包，他也不管那么多了，也在一个劲儿地往前冲。打弹弓的人一个比一个神勇，一瞄一个准。对方也在投掷石子，但他们投完了又要到地上去找，去捡，这给我们赢得了时间。当我和国华叔从侧面出现时，他们更是傻眼了。两面夹攻，我们的石子多，投掷得快。小伙伴们很快冲到了坡顶，对方好几个小孩捂着脑袋在往回跑，还有几个小孩往少峰细屋的家里跑，大家穷追不舍，直到把他们彻底打散。

真是一次惊险、刺激的打架。幸亏没有一个受重伤。

从此，五米在小伙伴们心中不再是一个调皮捣蛋"缠不得"的小孩，俨然是一个大英雄了。

水 平 哥

水平哥是我儿时伙伴，他比我大三岁，是二爷友松的儿子，也是我的堂哥。

水平哥六七岁的时候生了一场大病。生病几年，耽误了上学，水平哥只能跟我们这些年纪小些的孩子们一起读书。

二爷二婶家，是全村出了名的困难户，九口人，上有老下有小，吃了上餐没了下顿。家徒四壁，家里桌椅板凳都不齐全，平时一家人吃饭，有的站着吃，有的蹲在地上吃。这样的情景，一直印在我的脑子里，好多年了，怎么也忘记不了。

大约是三四月份，正是青黄不接的时候，一天中午，我在水平哥家玩，他们一大家人开始吃饭了。厨房里的灶台破旧不堪，黑的灰尘被蜘蛛网截在了半空中，蜘蛛网也早都变黑了，在热气的缓冲下荡来荡去。灶背右边掉了一块大的土块，现出了一个新的缺口，缺口旁边放了一碗咸苕叶和一碗咸芝麻叶，连青菜都没有一根。二娘揭开锅盖后，一股热腾腾的白雾直往上冒。定睛一看，满满一锅清清的苕片粥。水平哥、水胜、细兵老弟每人手里拿着碗站在了灶台周围。那是村民们普遍用的蓝边碗，直径大，碗底深，差不多可盛半斤米饭。有些碗边还破了一个口子，但并不妨碍他们吃东西。二婶很快拿起锅铲急促地给每人盛了一碗。

水平哥拿到一碗粥后，因为刚出锅，很烫。他边急匆匆地从厨房走出来，边不停地用嘴对着碗吹气，好让碗里的粥尽快散热。家里本来就没有饭桌，他也好像没有在桌子上吃饭的习惯，直接来到大门口的石墩旁蹲了下来。因为碗里的粥还很热，他张开左手的五个手指托住碗底，托住时还要将碗不停地转动，转动的同时继续往碗里吹气。要不了一会儿，热散得差不多了，水平哥迅速把碗里的苕片捞出来塞进嘴里。等碗里全剩下稀粥时，他托着的碗又会重新转动起来，嘴巴就着转动的碗沿开始喝粥，喝粥时不时发出"哧哧"的声音，屋子的人都听得见。碗在他手里又转了一圈后，粥也就喝掉了一半。此时，靠转动粥碗已经不行了，因为嘴巴喝不到碗底，而碗里的粥早也没那么烫了。于是，水平哥又把托着的左手放松些，大拇指抠在了碗沿上，剩余四个手指抠住碗底，他把碗倒扣着放在了嘴巴里面。在筷子拨拉拨拉的帮助下，几秒钟时间，碗已经扣在了他的脸上。再拿下来，空了，稀粥早进到了肚子里面了。

水平哥之所以吃得那么快，是因为一家人都是抢着吃的，只有把第一碗快速吃完，才有可能抢到第二碗，吃不吃咸菜也就无所谓了，先填饱肚子最要紧。

水平哥吃完后，还把碗和筷子在空中甩了两下，表示自己吃得一粒米都没剩。他还望了望几个弟弟和细雨妹妹，他们也都在一旁低着脑袋，个个狼吞虎咽般喝粥，"哧哧"的喝粥声此起彼伏响个不停，但明显地还是比他慢了半拍。水平哥的嘴角不由自主地露出了一丝微笑，脸上还残留下刚才蓝边碗扣下的粥糊糊。他很快迈开大步，又走进了厨房。

在金福小学一起上三四年级时，我的书包带子特别长，背在身上松松垮垮，走在路上一摆一摆的。当时正在上演电影《洪湖赤卫队》，电影里面的叛徒刘副区长，他背着的手枪套也是松垮得一摆一摆的。我每次上学放学路过焱华哥家门口的时候，焱华哥都会叫我"刘副区长"。叫多了，似乎就成了我的外号，后来好几个大人都这么叫。刚好水平哥没有书包用，他的个头也比我高，我娘叫我把书包给了水平哥，长带子书包给他背着刚好。

孩子们上学，一般都在自家的田地里屙屎，拉在田地里还是肥料，这也是被大人们认可的。否则，"吃家饭，屙野屎"是要被父母打骂的。农村当时不可能有什么公厕，每家每户在屋外旁边有一个用石头或土砖砌起的简易厕所。田地分到户后，各家的厕所显得尤为重要，给菜园挑粪，田地施肥，都只能是在自己家厕所里面掏。农村厕所墙面一般不高，人蹲在里面还看得见上身。也有许多人家的厕所墙面石头土砖坍塌了，又无人维修，人蹲在里面连屁股都看得见。水平哥家的厕所就设在了屋檐下面，连砌的石头土砖都没有，只有两块石板横在了厕所槽上面，拉屎撒尿一览无余。

农村厕所还特别脏，特别破旧。每逢下雨天，有的厕所被雨水灌满，污水横流，臭气熏天。还有的厕所里面到处是屎尿，脏污得连下脚的地方都没有。当然，也有个别人家厕所建得好些，如上面有木条和土瓦盖住，雨天淋不着，冬天拉屎时不觉得特别冷，但这样的厕所少见。脏污也好，露出屁股也罢，好在村民们早已司空见惯，谁也不在意。

说了半天农村厕所，是因为水平哥在上学路上屙屎有一个习惯。他屙的时间特别短，不到一分钟，或十几秒钟就解决问题。于是，我和小伙伴们又给他取了外号——"屎快"。加上另一个"瘪嘴子"，水平哥就有了两个外号了，这和我扯平了。我也是两个外号，一个叫"翘嘴子"，另一个是"刘副区长"，

水平哥大概读完小学五年级就辍学了，而我已经转学到新桥小学去读书了。

我俩平时在家里几乎成天玩在一起，每天放学回来或

是晚上，学着拉二胡、吹口琴、吹笛子。根本没有人教，瞎摸索。我也不知从哪里找来一把旧胡琴，又不会拉，还要带着水平哥。他简谱一点都不会，我也是半生不熟。我俩更多的时候是乱拉乱扯，好久好久才会拉一些简单的曲调，如《手拿碟儿敲起来》《大海航行靠舵手》等。《翻身道情》只能拉前面的一两句，后来还学着拉一些京剧、楚剧等戏曲的调子。戏曲调子水平哥听得多，比我拉得好。

那年夏天，我再次见到水平哥时，他还是瘦高个儿，像二爷友松一样一米八左右，人黑脸也黑，头发留得很短，身上的衣服还是那么破旧，系裤子的皮带仍是拉不紧，像我当年背书包一样松松垮垮。我俩见面相互打招呼时，我叫他"瘪嘴子哥"，他叫我"翘嘴子弟"。然后两人相视"嘿嘿"一笑，你捶了我一下，我拍你一巴掌，多年的默契丝毫未改。

那天，不知是谁家办喜事，水平哥还真的参加到垮子里的"牌子锣"乐队去拉二胡了，这是我没想到的。而我自己在外面为了生存，成天去忙于要紧不要紧的事务，早把二胡搁置在了一边，已经不会拉了。

第二天，他来我家，不知为什么老站在大门旁边，还没等我反应过来，他就用后背在大门门板上不停地摩擦，我惊讶了半天，想不出这是为什么？坐在一旁的卫军老弟告诉我，说是水平哥身上有跳蚤，痒得受不了了，在大门上摩擦来摩擦去。我这才明白过来，突然想起了小时候在家放牛时，牛身上经常有跳蚤臭虫之类奇痒时，在树上摩擦来摩擦去时的情景。也想起了猪身上奇痒时，在房屋墙角上摩擦来摩擦去时的情景。想到这些，我笑得直不起腰来，他自己也在笑，满屋子的人都在笑。

接下来的几天里，他陪我去鄂州城区的叔叔和弟弟家玩。弟弟家住在一个小区的十楼，我俩刚走进电梯，他自言自语地说了一声：

"哎呀娘哎。"

说完后就蹲下来，我问他干吗不站起来？

他用一只手擦拭了一下眼睛，擦拭完低着脑袋，闭着眼睛说："这狗屁电梯，我站着头晕。"

我又笑了一阵子，他瘪着嘴也嘻嘻地笑。

水平哥是泥瓦匠，他在电梯里头晕，但在建房时站在几十米高的砖墙上行走自如。他在垮子里称得上是大师傅级别的。如今做了建筑小包头，自家盖起了两栋楼房，买了小车，这是穷了一辈子的二爷、二婶生前万万没有料到的。

塆子里的大厨

1

塆子里有了红白喜事，都要请厨师。

四爹是厨师，青山叔也算得上一个，还有友煌叔。听说友煌叔年轻时在某单位食堂做厨师，后来回家了。我家里做大事很少请他，请四爹和青山叔多些。再后来，友煌叔做厨师的名气越来越大了，不仅本村，连附近村庄但凡有厨事也都请他。

四爹的名字叫张孝慈，龅牙，瘦高个儿，像我一样小眼睛，说话有时候有点结巴。但他人善良，见到熟人总是笑眯眯地打招呼。四爹一家人非常节俭，节俭到一年都吃不上几餐肉，节俭到一家人瘦得皮包骨头。四爹做的鱼丸特别好吃，他说过，做鱼丸要梁子湖的野生翘嘴红鲌或青梢红鲌，这两种鱼的肉质细嫩、鲜美，是做鱼丸的上乘食材。

在农村做厨师不光要会做鱼丸，也不仅是做几个菜，还要会杀猪、杀牛、杀狗、打豆腐等。只要与吃有关的事他们都得会。牛是村民的命根子，平时绝对不会乱杀。只有生产队里的牛老得实在不行了或者病了，才会被宰杀。我见过几次村里杀牛时的情景，青山叔就会杀牛。

2

农村马上要分田到户了。二哥结婚那年秋天，家里圈养了一年的猪要被宰杀掉招待客人。大婚的日子只几天了，客多事繁，同时请了四爹和青山叔。

杀猪前要做一些准备工作，青山叔先是磨刀，刀磨得越快越好。青山叔杀牛时用的就是这把刀，前面尖尖的，后半截像是一个弯月亮，与砍柴刀和菜刀有很大区别。厨

58

房里帮忙的人早就烧好开水，要烧几大锅才够用。大院内，四爹他们把厢房的门板卸了下来，铺在两条长凳上面，厨师行业的"红案"的案台也就有了。

我家的猪槽放在堂屋大门的一侧，妈妈早就把我早上打回的猪草放在了那里。猪刚好"扑哧……扑哧……"蹿回家里吃得正欢。青山叔、四爹，还有德春哥几个大男人都在，青山叔嘴巴里还叼着半截烟呢，他突然扔掉，不声不响地走到猪的屁股后面，伸出两只手，抓住了猪的两只后腿。猪惊叫了起来，整个垮子都听得见，两只后腿不停地蹬踢，青山叔的两只手跟着前后不停地摇摆。青山叔的脸早红了，脖子上的血管涨得通红。

"东家不是叫你们来吃干饭的，快点来帮忙，猪的劲特别大，跑了找你们算账。"青山叔大喊起来。

四爹迅速跑到猪的前面，蹲下身子抓住了猪的两只前腿，其他几个大人很快把猪按住并放倒。猪的尖叫声越来越大。我胆子小，还有些怕，够着腰，把早就准备好的绳子递给了青山叔，递完后跑到屋子的角落里躲闪着。青山叔带头，大家很麻利地把猪四只脚捆绑了起来。

猪养了一年，还有我的功劳，没少起早摸黑去打猪草。突然要被宰杀了，心里还真有些舍不得。青山叔还拿来了早就准备好的一杆大秤，要称一称这头猪到底有多重，知道毛重后，青山叔他们很快就会估算出净猪肉有多少斤。

在猪的尖叫声中，秤钩钩住了捆猪的绳子，四个大人各用两根扁担硬是把猪抬了起来。秤砣没放好，突然掉在了地上，差一点砸到青山叔的脚。他瞪大眼珠子又骂了一声：

"你们这些人是砸人，还是要打人？"

四爹眨巴着眼睛说："你别……发火，人呐，没有谁故意……砸你。"

青山叔还在生着气，但没再说话。秤砣压着秤杆翘了起来，四爹一边扶住秤砣，一边眯缝着眼睛慢慢地移。农村的老杆秤，我小时候就认得衡量。猪脚刚一离地，四爹突然喊了声："二百五十六斤。"

大家这才松了劲，重新把猪放在了地上，大家七嘴八舌。有人说了几句主人家一年来养猪辛苦了的客套话，也有抽烟的人各自从口袋里摸出一支烟来放到嘴里。

四爹接着说："这场喜事的猪……肉管……管够，东家放心。"

又是一阵忙碌，抬的抬，拖的拖，大家总算把猪抬到了门板上躺着。但猪还在撕心裂肺地叫，叫得所有人都心慌，一切乱哄哄的。

杀猪的第一步开始了，青山叔手里拿出了那把早就磨快了的尖刀，顺手把猪的脑壳狠狠地敲了两下，说："我让你叫，叫你爷个头，等一下老子要你的狗命。"

四爹笑着补充了一句："你这个儿乱说，是猪……猪命。"

在场的人都哈哈大笑起来。四爹是长辈，他骂青山叔一点没错。青山叔也没计较，跟大家一样咧开嘴在笑。

猪还在门板上叫，大家一刻都不能松手。青山叔的衣服早破了，袖口、肩膀处都是洞眼，胸前的口袋边还打了几个补丁，扣子掉了两粒，衣领黑黑的，脏得很。他挽了挽破衣袖，右手拿着尖刀，眼睛又睁大了起来，直直的，很凶残的样子。我见过他杀牛时也是这个样子。此时，他左手抓住猪耳朵，然后沿着猪头一直往下摸，直到摸到猪的喉管处。摸准了，尖刀在猪身上蹭了蹭，眼睛一瞪，嘴里又骂了一句：

"你娘个肠，老子现在就要你的猪命。"

青山叔抓猪耳朵的一只手越来越紧了，另一只手紧紧地握住了尖刀，眼睛瞪得更大了。刹那间，他使出了全身力气，正对着猪的喉管，一刀下去，又狠又准，猪更加惨烈地叫了起来，叫的声音里面似乎还伴有低调的悲伤与哭泣。青山叔才不管那么多，他把刀子再一次在猪的喉管里面捅了捅，手上沾满了猪血。

他嫌捅得不够深，又骂了一声："奶奶的，我看你还叫不叫？看是你狠还是老子狠？"

青山叔骂完了，把血刀在喉管里面转了几圈后，迅速往外面一抽，猪血直往外涌，溅了青山叔一身、四爹一身，还溅了一地。院子里站满了人，干活不干活的都有。狗子、小猪崽在地上来回地蹿。猪叫声，说话声，打骂声，嘈杂得很。有人拿来了早已准备好的木盆，盆里还放了盐，把猪血接住。要好一阵子，猪血才放完。

接下来就要刮掉猪身上的毛。四爹在猪的一只后蹄旁边割开一个小口子，又拿来一根长长的钢筋条，钢筋条前面的头还是圆圆的，这是杀猪专用的钢筋条，或是叫杀猪的"通条"。四爹开始拿着通条沿着割开的小口子往猪身子里面戳，将猪皮与肉之间戳出通气通道。得戳好半天，一边身子没戳完，还要把猪翻过来戳另一边身子。

戳完之后，青山叔蹲了下来，用嘴对住那小口子，几乎是用嘴咬住猪蹄，往猪身子里面吹气。刚开始吹时会很困难，吹不动。青山叔吹得脸红脖子粗，腮帮子鼓得更大。"呼……呼……"的气息一阵接一阵，两个眼珠子睁得比平时都大，差不多要冒出来，难看得很。一屋子的大人小孩看着，个个笑弯了腰，四爹也眯着小眼睛偷偷地在笑。青山叔吹累了，四爹接着吹，其他的大人只要有力气的换着吹。吹了半个钟头，猪肚子慢慢鼓了起来。四爹还拿来洗衣裳的棒槌在猪身上不停地敲打，好让里面的气均匀散开。青山叔找来一根带子或细绳子，捆住猪脚，封住刚才割开的小口子。

开始刮毛了。大家又忙碌起来，打开水的，拿刨子的，提桶的，全都上阵。四爹把打来的开水慢慢往猪身上淋，开水温度越高越好，所谓"死猪不怕开水烫"正是这个道理。青山叔负责刮毛。刮一下，白白的猪皮就露了出来。

哪一处刮不动，就要反复淋开水，直至淋得皮开肉绽。有时候水的温度不够了，青山叔的眼珠子又冒了出来，像是报复刚才的被骂，对着四爹直吼：

"你这个老东西，水都烧不开，你来混饭吃的，是不是？"

四爹会不紧不慢地说："锅……锅太小，来不及……烧，慢点，马上……烧……烧好了。"说着说着，小眼睛又眯缝到了一起。

刮完毛，还有最后一道程序：开膛破肚，砍骨剁肉。

肉是农村红白喜事的第一道菜，肉是基础，有了肉就可以搭配好多菜了。

3

猪杀完了，还要打豆腐。打豆腐和做糕点什么的，这是厨艺的"白案"。农村红白喜事，家家有打豆腐的习惯。打豆腐，说难也不难，说不难也难。一般家庭主妇都会，但要把豆腐打得好，又不浪费食材，又做得嫩滑，就有些难度了。家里平时打豆腐不多，也不会打，有事总是请四爹来帮忙。

妈妈一大早起来，把储藏了大半年的干黄豆放在水里浸泡。然后叫二哥用木桶挑到保如哥家。保如哥家有石磨，是大石磨。大石磨很重，需要一个有力气的人来推。垮子里也有家庭妇女来推的，还可以两个人同时推。北方人用驴拉磨的多，垮子里没有这样的牲畜，只能是用人推。

保如哥家的重石磨是二哥推的，刚开始，磨柄的一头套在石磨上，另一头用绳子吊着，绳子的另一头套在屋梁上。一推一拉，石磨发出"咕噜咕噜"的声响。二哥在推拉石磨的同时，妈妈不停地把浸泡好的黄豆往磨洞里塞，每次一点点，多了就堵住了洞眼。因为好奇，我小时候在炳煌叔家干过这活，他家是轻点的小石磨，是妈妈在推。我看着好玩，磨柄又高，有时调皮，勉强够着身子去推拉两圈。

石磨下面有个大木盆，那是专门接豆浆的。二哥接了几盆豆浆，倒在了木桶里挑回家。四爹早就在家里等着，还准备好了一个布袋，是家里用洗干净的床单代替的，不是专用打豆腐的布袋。当时的床单大都是棉布，粗糙又耐用。床单用一根绳子在房梁上套住，吊住两条扁担，离地一米多高的样子，用手扶住感觉好使就行。两条扁担是交叉的，床单的四个角就绑定在两根扁担上。四爹很熟练地做着这一切。

榨浆开始了。四爹叫二哥把豆浆适量地倒进布袋，他一个人把住扁担的两头，时而顺时针，时而反着方向将吊着的布袋上下左右摇荡。每一次摇荡的过程，四爹整个身子都是在不停地摇摆，像是在跳舞一样。

一般榨浆可以榨两次，在榨完第一次后将袋口打开，放入清水，收好袋口后再榨一次，直至把豆浆彻底过滤出来。过滤掉豆浆后余下的渣滓，也就是我们常说的豆腐渣了。那年月，豆腐渣还是村民家中的一道家常菜。新鲜的豆腐渣可以直接或配用芹菜等炒着吃，还可以晒干霉变后当咸菜吃。豆渣粑粑、豆渣丸子，现在的人可能想象不到，那是一道特别的美味菜肴。

家里其他一直帮忙的人都在不停地忙碌着，榨浆结束后，要把新鲜的豆浆放在窝里煮沸。四爹一直站在灶台前，眯着小眼睛，一刻也不离开。火烧了一阵子后，豆浆的温度开始上升。四爹揭开锅盖，一股热气冒了上来，豆香味弥漫了整个屋子。四爹打豆腐内行，也细致，他一点一点地撇去浮在锅里豆浆上面的泡沫，边撇嘴边说：

"火……火再烧旺……些，没柴就去楼上放下来。"

一般煮豆浆的温度保持在九十至一百摄氏度之间，而且要注意好火候。煮好的豆浆需要点卤加以凝固。点卤的方法可分为盐卤、石膏及葡萄糖酸内酯三种。盐卤的主要成分是氯化镁，石膏的主要成分是硫酸钙，葡萄糖酸内酯是以淀粉为原料转化而成的。用葡萄糖酸内酯点出的豆腐更加细嫩，味道和营养价值也更高，而且对身体绝对没有坏处。现在大家在超市见到的内酯豆腐就是用它点成的，当时的农村家庭哪有什么葡萄糖酸内酯，全都是用石膏来点，点之前将石膏焙烧至刚刚过心为止。

石膏还在灶膛的火灰里烧着呢，四爹喊了一声："快把石膏拿出来，要不就烧……烧坏了。"

烧火的人赶紧用火钳夹出石膏，为了除去火灰，还在地上敲了两下。因为还烫手，四爹用火钳钳着放到了一块砧板上，还用旧的抹布护住，再使劲敲碎后碾成粉末。他又拿来一个大碗，将粉末加水调制成了石膏浆。好几个邻居大嫂、婶娘都来围观，想学一学做豆腐的手艺，四爹也毫无保留地告诉大家。他一边将石膏浆氽入豆浆里，并用勺子轻轻搅匀。

四爹边搅边说："点卤是制作豆腐最重要的一个环节，石膏浆放多放少很关键。一般是一斤黄豆要用零点六两石膏，需要豆腐做得老些的，添加的石膏浆多些，嫩豆腐则少些。"

大嫂、婶娘们听了四爹的话后，都说四爹是老师傅了，是全垮子里做豆腐做得最好的。

好在我记性好，要不哪知道制作豆腐还有那么多名堂。点完卤后差不多半小时的时间，豆腐在锅里很快凝结成块状，豆腐花就形成了。

这个时候厨房里开始热闹起来，烧火的，挑水的，出力打豆腐的、一旁玩耍的小孩，大家都围在了灶台旁边，每人手里拿一只小碗。或有谁，早就准备好了红砂糖，各放一小勺到碗里。四爹会拿起锅铲，先铲一点热豆腐花，笑眯眯地在嘴里嘬一下，算是尝尝鲜。然后将每一只碗都盛满豆腐花。

紧接着，四爹用勺子把锅里的块状豆腐花轻轻舀进木盆里。盛满后，用布将豆腐花包起来，盖上木板。四爹还叫二哥找来几块大些的石头堆在上面，压十至二十分钟，水豆腐也就成了。

说了半天豆腐的制作过程方法，是因为豆腐在所有菜肴中起的作用太重要了。它可以制作与豆腐有关的好多种菜，是村民必不可少的主食之一。如豆腐炒肉片、水煮豆腐鱼、麻婆豆腐、家常豆腐、豆腐果、豆腐丸及豆腐干等多种做法吃法。豆腐干还分成香干菜干，吃法做法又不一样。香干黄色，菜干白色。我小时候经常吃香干、水芹菜煮面条，好吃得不得了。

木匠友福叔

坶子里的木匠，只有友福叔一个人。

友福叔长得干瘦，个头不算高，下巴还有一颗痣，很明显，痣上面长有毛发，长长的。友福叔总是穿一身青蓝色、旧得不能再旧、颜色发白了的中山装，中山装的一粒纽扣掉了，老是没安上去。

友福叔为人忠厚老实，从不与别人争长论短，也没有与人争吵，更没有得罪过谁。他平时很少说话，极少有笑脸，一天到晚一副郁闷的样子。看上去，他比实际年龄要苍老许多。

那一年的秋天，家里要建房子，从砌第一块砖开始，就请友福叔进门了。

村民请木工师傅到家是有讲究的，每餐要拿出最好的菜肴和烟酒招待。如果中午十一二点钟，眼看着师傅做工累了，就要下一碗面条给师傅填填肚子。条件稍好点的人家，面条里还会放有鸡蛋腊肉什么的。除保证师傅吃好喝好外，还要不要给点钱什么的我就不知道了。

友福叔做木工不紧不慢，无论外面怎么闹，他只管低头做事。他不喝酒，只抽劣质的烟，家里当时盖房子的人多，有什么他就吃点什么，也从没当回事，随便得很。

房子已经盖到堂屋的大梁了。上大梁，按农村风俗，要敬神，放鞭炮。中午，还要特别宴请所有帮助做房子的人吃饭，饭菜比平时吃得都要好。大梁安放好后，房子已经盖到了顶层，友福叔一刻都没有停歇，而且这个时候特别忙碌。接下来要做房屋的桁条及搁栅等，这些都是友福叔的事。

花了近一两个月的时间吧，我家房屋建了起来。塆子里并非经常有人家盖房子，许多村民一辈子都只盖一次。平时友福叔也有许多事做。如谁家需要打制一些桌椅板凳、洗脚盆、橱柜、香几、木水桶等，都要请他。

友福叔只做些简单的木工活计，比如像打大的木柜、眠床什么的复杂的活，他还真的拿不下来。他有活就做，没有就待在家里做自己的农活。并不像其他的木工师傅，农闲时节会挑着"担子"到附近垮子找工做。

友福叔是单身。听大人说，他原来娶了金婶为妻。金婶是楠竹林垮子的人，勤劳，顾家，长得漂亮。但由于家境过于贫寒，平日里，金婶连一件像样的衣服都没有。唯一一件穿得出去的衣服，做农活时又要经常穿，有时脏了就来不及换洗了。有一次，她刚从地里干活回家，满身泥土。恰好此时接到娘家人带来口信，有急事要她尽快赶回去。她实在想不出别的办法，一个爱美的女人总不能穿得太邋遢走娘家。于是，她急中生智，把衣服在水里简单冲洗后，又把煮饭的大锅洗干净，把灶火燃起来。她把衣服平放在铁锅里，要不了多长时间，衣服就烤干了，还能熨平。

金婶还是三个孩子的母亲，三十多岁时，正是持家创业的黄金年龄。正是因为金婶长得好看，时间长了，在垮子里多少有些风言碎语。但她性格刚烈，听不惯这些。一天，她实在受不了了，跑到张家祠堂对面石头窑的一个水塘里跳水自尽。石头窑水塘离塆子差不多两公里远，水塘的水还不算太深，只能淹没到她的头顶，而且又是在人来人往的大路旁边。金婶刚跳水不久后就被人们发现了，等到她被大家救起来时，她的肚子里灌了不少水。但是，村民们没有采取任何救护措施。比如先把她平放在地上不要动，双手平压肚子，把灌进去的水挤压出来。甚至还要做人工呼吸，让她缓过气来。可惜的是，哪有人懂什么救护知识，他们所能做的是让一个后生扛着金婶，另外的人还抬着她的脚。大家以为金婶没事，还在回塆子的一路上说说笑笑。等前后折腾了半个时辰，把金婶送到家里的时候，她已经彻底断了气。所有的人这才惊恐万分，才知道带来的严重后果。

最痛苦的莫过于友福叔，他才三十多岁，年富力强，还有三个正在成长发育的小孩。

我这才理解了友福叔的脸上为什么从来没笑容，为什么从来不和人交谈来往，为什么总是一个人抽着烟，为什么总是一个人一声不响做他的木匠活计。

友福叔从此走向孤独，走向内心的黑暗，走向金婶的天堂。

死去的，活着的。一个看透红尘，一个心灰意冷。

家里本来就贫寒，友福叔从此没有再娶媳妇，一个人过着鳏居生活。逝者已去，活下来的人还要生存。他的心中，一辈子在为金婶承诺，现在唯一要做的事，就是把三个小孩拉扯成人。

友福叔还有一个弟弟叫友回，我当然也叫叔。友回叔基本上是一个瞎子，仅有一只眼睛还有一点点微弱的视力。我不知道是天生如此，还是后天出了什么事故造成？我们这二三百人的垮子，要说残疾人，除了跛子友圣叔，再就是他了。因为残疾和家庭极度贫困，友回叔也是一辈子单身。

试想想，长期以来，或者说是几十年来，兄弟俩都是过着单身的日子，垂老同居，连灶火都没有分开，这该是怎样一个特殊的家庭？

友福叔的家，是一个土屋连三间，家徒四壁，除了堂屋里的一个饭桌和几条长凳子外，再无别的家具。平日里，塆子里的大多数人有事没事喜欢往他们家跑，因为两个单身，又没有一个女人约束，只觉得在他们家玩起来自由自在。

农闲或是不急于做农活的下雨天，大多数男人都会往友福叔家里跑，站在门口的，蹲在地上的，坐板凳的都有。其实，大家跑去也没什么事，相互谈天说地、吹牛的多。或是见到谁口袋里有一两支廉价的香烟，相互抢着抽一口。也有极个别人从口袋里掏出了一包，每人抽上一支。最热闹的要数每年的大年三十，塆子里也不知道从什么时候开始，有了"押宝"的习惯，也就是摇骰子赌钱。塆子里并不是经常聚众赌钱，毕竟大家都穷困。

各家各户吃完了年饭，穷了一年，今天，大约每个人吃饱喝足了，又没有别的娱乐活动。爱好赌博"这一口"的村民，踩着泥巴路的，跨过石坎墩的，有的手提马灯，有的打了手电筒，有的从家里带来了长的方的板凳的，全都来到友福叔家聚会。"押宝"做庄家的一般是焱华哥、绍青哥或是友金叔这些塆子的年轻人。赌阵摆开以后，趴在方桌上的，站在矮凳上的，更多的是站在长长的条凳上，内三层，外三层，围得水泄不通。赌的方式也简单，庄家人的手里就两个骰子，用两个吃饭的小碗相对应地盖着，庄家摇动几下，打开后见证单数还是双数决定输和赢。压单数的人把钱放在了庄家的胸前，压双数的人把钱放在了骰碗的上方。随着骰子在庄家手里一上一下发出的响声，每个人的脸上洋溢着兴奋，惊恐。胆小的村民，心也随着骰子的跳动而跳动。其实，又哪有多少钱的输赢？有押几分钱的，几角钱的，最大也只不过是一两块钱。

"押宝"活动断断续续一直持续到正月十五。也就是说，友福叔家里过年这些天，是垮子里面最热闹的地方。"押宝"期间，如果是哪一家的男人输多了点钱，偶尔还会有谁家大胆的媳妇，嘴里边骂着，脚下边跳着来到友福叔家，把她男人拉回家。也有男人实在不听女人的话不想回家的，媳妇就会把整个"押宝"的场子闹砸了的都有。

还有好几年，家家户户通广播，每个家庭安装有一个小喇叭。播控室就设在友回叔住的房子里。他房子里有一个破的桌子，桌子上放有一个长方形收音机，一个方形的扩音机，那还是一个铁家伙。每天，友回叔控制着全垮子广播开关的时间。铁家伙旁边还搁有一个银白色的话筒，话筒前面总是用红布包裹着，那是垮子里有什么紧急的事，需要在广播里通知村民时才用的。我小时候很少听到广播里喊话。而这些个"行当"，是大家凑钱买，还是大队或人民公社配发下来的，我还真不知道。

友回叔没念什么书，但人绝顶聪明。他在生产队还是一个好劳动力，还做过会计。垮子里有些什么事儿，大伙也都来他们家一起商量，他也参与进来出谋划策。如果是这年月，只要经济条件基本过得去，哪怕是残疾，说不定友回叔也会娶上一门媳妇。可惜不是，那是一个贫困到一日三餐都让人揪心的年月。

我走出垮子好多年后有一次回家，在去王家铺镇上的路上撞见了友回叔。他明显老了许多，背有点驼，视力更差了，身上穿的，好像还是多少年前的那一套蓝布中山装。我叫了一声："友回叔，您老人家好！"他停下了步子，好半天没有反应过来，凑近看了看，才认出是我。他回了一声好。我赶忙微笑着递上一根烟给他抽，一问，他说老了，住进了镇里的养老院。

我的心总算放了下来。

不久后，友福叔去世了，我不在老家，也不知道是具体哪一年。

再后来，友回叔也去世了，我是在电话里面听雄安老弟告诉我的。

友福叔三个小孩中的大女儿叫爱蓉，年龄比我大许多，长得像她妈妈一样漂亮，嫁到了离镇上不远的长岭镇那。二女儿冬蓉姐姐比我大不了一两岁，也和她妈妈一样长得漂亮。友福叔家的老屋原来和我家是紧挨在一起的，所以我和冬蓉姐姐小时候一起长大，一起玩。自从她们家搬到老仓库旁边后，冬蓉姐姐在自家土砖屋的右侧厢房里住了好多年，我高中毕业在家务农那一年，她还和友来叔的细心妹妹问我借书看。后来她长成大姑娘了，嫁到大冶什么地方去了，我再也没有见过她。

绍汉哥的外号叫"黑皮子"，是因为脸特别黑的原因。我对绍汉哥的印象很深，他与我大哥年龄相仿，他俩还是铁杆兄弟，后来他在大冶保安镇安家落了户。

我还听说，他们姊妹仨，在一年的清明节回老家为父母亲扫墓。由于自家的老屋早已坍塌，同族的保如哥、绍银哥都不在家，一家人在垮子里几乎连一个落脚的地方都没有。尽管邻居们都很热情，都打招呼叫他们到家里喝茶吃饭，但毕竟不是自己的家。

他们的家都在哪里？绍汉哥、爱蓉和冬蓉姐姐，你们过得还好吗？

剃头表叔和他的徒弟

  塆子里的剃头师傅来自艾家村，离我家不足二里地。剃头师傅与我塆子里有亲戚关系，所以大家不叫他艾师傅，倒是叫他剃头表叔。大家都这么叫，我也这么叫。

  我是后来才知道剃头表叔的名字叫艾龙仁，表婶是杨井塆子里的人，杨井塆子也姓张，所以就扯上了亲戚关系。叫他表叔，是对他的尊称，也是对他这份职业的尊重。

  每隔半个月，或趁农闲时节，剃头表叔总会一次次地来到塆子里。

  剃头表叔身材高大，国字脸庞，平时不多说话，一脸的和善，一脸的笑容。他来的时候，开始是到几户人家去串门，看是否有人剃头。等到大家知道他来了，他会在一个巷道当口处，摆开摊子。一把靠背的大椅子，那是给剃头的人坐的。一把小凳子，搁得下他随手带来的一个装剃头工具的小木盒。小木盒里装有刀剪、推剪、剃头刀、刮脸刀和梳头发用的梳子、篦子等。靠墙或在一棵小树旁边，挂着一条长长的、光滑的、黑乎乎、厚厚的帆布，那是用来打磨剃刀用的。又叫"荡刀布"，剃刀钝了，随手蹭一蹭。有的时候还要多一把小椅子或是一个小木架，上面会放一个洗脸盆，便于艾师傅给别人刮脸用。那时候刮脸很简单，用一把小毛刷蘸了肥皂水，在脸上、眼睛、鼻子和嘴巴周围游走式地涂一遍，刮刀刮起来也就轻松自如。

剃头表叔负责给王家铺、大德宝、细德宝、孟家及艾家几个邻近垮子的所有男人剃头，有好几百人。

剃头表叔每次给我剃头时，他总会先把我的脑壳拍几拍，然后问我几岁了？读书成绩如何？平时调不调皮？会不会放牛？我总是不说话，尽管他问去。剃完头后他觉得垮子里的哪个小孩儿好玩或者是调皮，他就用梳头发的梳子，狠狠地在小孩儿的颈部划一下。梳子是带齿的，很痛，很多小孩儿痛得直叫。

夏天太阳大的时候，剃头表叔会来到家里面剃，剃的人多了，满屋地上都是头发。收工的时候，他会自己找来扫帚或喊几个像我年纪不大的小孩儿，把头发打扫干净。

每年的腊月二十八、二十九、年三十这几天，剃头表叔最忙。无论大人小孩，年前这个头是一定要剃的。一是剃掉一年的晦气，再是剃完头后以一个干净的面貌迎接新的一年。有些年纪小些的男孩怕剃头，哭着闹着不肯剃。此时，父母亲手里总会拿着一根棍子站在旁边，打着骂着也要让小孩把头剃完。还有一说，"剃头泡脚，胜过吃药"，剃头成了当时人们"下火"的选择。因为农村卫生条件差，许多小孩，包括大人的头上经常长有"癞疤"，也就是农村人所说的"痢子"。癞疤奇痒，又难看，说是长年火气重引起的皮肤病。还有些小孩头上长有虱子，痒得难受时，就随手抓头发。所以剃头非常重要，而且多数小孩儿都会剃成一个大光头，也就是老年人的"和尚头"。当时有些小的女孩儿也要剃成光头，大些的女孩或妇女剃"运动头"，年轻男人大都剃"平顶头"或是"马桶盖"。"马桶盖"头式最丑。

最忙的这些天里，剃头表叔会到每家每户顺便结一结一年来的账。钱不多，好过点的人家都会自觉拿出来。但也有许多困难家庭，实在拿不出钱，账只好欠着。

这个时候，家里欠账的大人总会站出来，笑着对剃头表叔说："真是不好意思，你表叔大人大量就理解一下。今年收成不好，手头太紧，儿子刚结婚花钱多，如今还欠着债，养了几头猪本想卖几个钱，没想到猪也不争气，还没长到一百斤就发猪瘟死了。现在只好等明年多卖些余粮，有钱了，一定给你表叔，咱们隔壁邻居的，说话一定算话。"

一番话说得剃头表叔反倒有些不好意思起来，他也笑了笑说："没事的，没事的。"

他嘴里说没事，因为心地善良，有苦难言。也实在是那年月大家都困难，有些家庭的账款甚至欠了好些年。欠着就欠着，他来到村里照例说话不多，照例来年该剃头时就剃头，照例一脸的和善，一脸的笑容。

有一段时间，是不是剃头表叔见人多了忙不过来，还是别的原因，细德宝垮子里的闻州师傅来剃头了。闻州师傅是剃头表叔的徒弟，瘦高个子，人长脸也长，比剃头表叔年轻。虽说他年轻，头发却大都花白了。但同样是一脸的笑容，说话比剃头表叔还少，为人也老实。大概是有什么样的师傅就有什么样徒弟的缘故吧。

清明节还没有过完，丝丝凉意如同对亲人的思念之情袭人心头，雨天的祖坟山上不时传来"噼噼啪啪"的鞭炮声。我再次见到闻州师傅的时候，他已经是一位六十多岁的老人了。

雄安老弟陪着我来在闻州师傅的家里，见面的气氛很友好，他还比我晚一辈。尽管好多年不见面，叙起家常起来却倍感亲热。他的白头发比以前更多了，胡须都是白的，两只耳朵宽大，高鼻子，脸色略显蜡黄。但精神还蛮好，看上去比实际年龄还要小一些。

大家都以为剃头很简单，其实不然。闻州师傅介绍时说，过去剃头有十六般技艺，像梳、编（辫子）、剃、刮、捏、捶、拿、掰、按、掏（耳）、剪、染、接（骨）、活（血）、舒（筋）、（梳）补等，而实际上最基本的就是剃头、梳头、刮脸等。他说的大约是包括给剃头对象按摩穴位等技艺，只可惜不是每一个剃头师傅能做到这一点。

"我为什么要学剃头呢，因为我从小身体差，做不了农活，这说起来话长。我听爷爷说，自己刚出生几个月的时候是'死'过一回的人。三年困难时期，我家兄弟三个，我是最小的一个。当时家家缺衣少食，大人吃食堂都吃不饱。我没有奶水吃，连吃一口稀饭都困难，也没有人管我是死还是活，只能是听天由命。在一个青黄不接的春季里，一天，父母亲随垮子里的大人一起去外地修水库了。平时是奶奶照看我的，这几天刚好我的一个姑姑要出嫁，奶奶也去帮忙了。我躺在摇篮里已经饿几天了，水都没人喂一口。刚开始时我还能一个劲地哭，哭着，哭着，到后来连哭的力气也没有了。等到大人们发现我时，我眼睛闭上了，脸色寡白，手脚冰凉，大家都以为我死了，马上叫人准备铁铲等工具要把我弄到山上埋掉。说来也巧，刚好我的外祖父这个时候来家里串亲戚，他了解情况后，来到摇篮旁边用手摸了摸我的胸口，似乎感觉到还有微弱的心跳。于是，外祖父叫人拿来筷子把我的牙齿撬开，慢慢灌点米汤进去。要不了多长时间，我'哇哇'哭了起来。一旁的人都笑着说，如果再晚一点，这小子就没命了，早喂山上的野狗了。这是真的，当时和我年纪差不多大的一个堂哥，也就是这样饿死的。"

闻州师傅说完笑了笑，停了一会儿又接着说："我的身体底子太差，在我十六七岁的时候，根本做不了农村的重活。一天，艾龙仁师傅在塆子里剃头，我爷爷跟艾师傅说叫他带带我，艾师傅很快就答应了。我学徒学了三年，出师后主要负责拱北、西海、楠竹、丛林、陈诗、细德宝、大德宝及孟家村等好多个塆子，共有一两千人的剃头任务。"

剃头表叔年纪大了，走不动了，才把重担卸给了闻州师傅挑着。

没想到，他这一挑就是三十多年。

闻州师傅当时在生产队一边拿工分，一边走村串户去剃头，剃头得来的一点微薄收入又来折扣工分，也就是大家说的"缴队"。当时剃头的价格是每人每年一块五角钱。一般是每个人一年要剃十二至十四次头，也就是说，每剃一次头才一两角钱。这还不算许多家庭当时困难实在拿不出钱的。闻州师傅说当时有一句行话：三年给钱，还是好主子。意思是说，很多人三五年甚至更长的时间是没钱给的。都是乡里乡亲的，农村人大都老实，不是他们不给，是家庭确实有困难。讨钱多了不好意思，因为欠债不给别人剃头也不对。丛林、陈思好几个塆子里的好几户大的家庭，计划生育无节制，小孩又多，饭都没吃的，哪来多余的剃头钱？日子长了，有的人都老了，死了，钱当然也就没了。当然，也有少数人家拿来稻谷、大米、小麦等粮食换钱什么的。有粮食的人家经济也都会宽裕些，这是常理。

每年到了腊月底，闻州师傅的活计停不下来，每天都会忙到很晚才回家，经常是大年三十都不能在家里吃团圆饭。他首先要把各个村庄孩子们的头剃掉，抓一个算一个，到了腊月二十五六的时候再抓紧给大人剃。年底正是收账的时候，因为身上有钱，半路上怕遇到坏人，他还会经常把自己的小孩带在身边。

说是收账，闻州师傅每年能进到口袋里的钱也就是二三百块。除去平时生活、田地肥料等开支，这点钱远远不够。等到农村分田到户好多年后，剃头钱慢慢涨到每人每年十五块，一年下来也只不过上万块钱。但随之而来的是物价涨了，家庭开支费用也高了，一点点钱勉强一家人糊口度日。

闻州师傅看到别人外出打工、做点小生意，甚至是搞一些种养业什么的，赚钱来得快，赚得多。他好多次都有放弃这个职业的想法，但苦于没有门路，自己身体不比别人硬朗，只好作罢。一个人苦撑着，又坚持了下来。

一天，闻州师傅到我垸子里跟友来叔剃头，爷孙俩聊了起来。友来叔了解他这点钱赚得太可怜，答应叫闻州师傅跟他一起去"挑鸡儿"卖。"挑鸡儿"，是村民的一种通俗说法。实际上是在每年的春季里，垸子里只要是在家务农的男人，都会从私人鸭苗孵化作坊里买来幼苗，仅靠肩挑臂扛，靠双脚走路，到附近村庄，远的挑到黄石、大冶、咸宁、武昌等城镇乡村到处卖。垸子里的男人们一直做着这件事，每年如此。

闻州师傅"挑鸡儿"挑了几个月，比他剃头几年的钱还赚得多。但是，"卖鸡儿"的事毕竟是季节性的，闻州师傅还是没有丢弃剃头的职业。

丢不下的，还有成百上千的父老乡亲。

"剃了一辈子，还真舍不得。我一直剃到 2007 年才放下，差不多剃了三十多年。"他深情地说完最后一句话的时候，长长地叹了一口气。

想起了一句话：除了世代相传的手艺，还有生存的信念，以及流淌在血脉里的勤劳与坚守。

从此，垮子及其附近一带的田埂地头，再也见不到一个躬着腰、白头发，提着一个小木盒的剃头师傅了，再也听不到"剃头啦……剃头啦……"长长的吆喝声了。

孝勤爹的那些事

1

新中国成立前，从张德宝塆子走出去一个男人。按我的辈分，该称呼这个男人叫太爷爷了。太爷爷叫张厚玉，三十六岁了还娶不上老婆。他在没有办法的情况下，去梁子湖西边的涂镇，在一个齐姓的村庄里做了上门女婿。

女方家里有七个女儿，就是没有一个儿子。而且还很富有，给了张厚玉家三担谷子，一匹棉布，十斤鲢鱼。这在当时已经是很了不得的事了。

张厚玉为人厚道，来到女方后勤劳苦干。更让女方家庭感到欣慰的是，他和女人先后生了五个娃，全都带把的。

但是，好景不长，岳父岳母相继离世，他们的日子过得日渐艰难。后来全家搬离了涂镇。

张厚玉一家人在磨石水村安顿了下来。刚来时队长还把生产队一个破旧的半边仓库腾了出来，一两年后又给了一小片荒地，让他们家盖了一间矮小简易的茅草屋。草屋右边用草堆垒起了一个牛栏，牛栏的右边用几个大的石块和木板搭建了一个简易茅坑。

日子过得很平静，儿子们个个在慢慢长大。

村子里的生产队长是共产党员，全家人根正苗红。

队长家的二女儿磨红梅从小长得聪明伶俐、乖巧可爱，圆圆的脸蛋，笑起来还有一个红红的酒窝窝。她头上用橡皮筋扎的一对小辫子，走起路来一跳一跳的。磨红梅读三年级的时候，刚好和张厚玉的五儿子张孝勤一个班，两个小孩儿年纪差不多，上学放学都一起来回。磨红梅的妈妈还特地交代张孝勤，平时要多关照好这个妹妹，不要让她受别的孩子欺负。

有一次，张孝勤一大早放牛去了，磨红梅一个人走在上学路上的一个山坳旁边时，被三四个邻村辍学的小孩儿给拦住了。

"你看看，哎呀，脚上还穿尼龙袜子，辫子长得越来越长了，人也长得越来越漂亮了。一个人上学呵，跟我们一起玩玩呗。"其中一个大点的男孩说话了，说话的同时一只手还打着榧子，旁边几个小孩傻笑着。

磨红梅吓了一跳，他好像认识里面其中的一个男孩，这个男孩三年级在学校就臭名远扬，后来没去学校读书了。她心里开始害怕起来，说："我不认识你们，我去学校上课的，你们想干什么？"

"去学校有的是时间，不急嘛，跟我们一起去玩玩多好，山上有好多野果子吃。"大点的男孩接话说。

"你们拦我，我要喊人了。"磨红梅真的害怕了。

"你喊呀，人呢，现在没人。"孩子们一阵大笑。

"我爸是生产队长，他知道了会打你们的。"磨红梅想到了自己的最后一道防线。

"嘻嘻，什么狗屁队长，人呢？叫他来呀。"

"你骂人，你骂人。"磨红梅看到有人骂他爸爸，委屈地哭了起来。她的印象中爸爸在村子里很威风，每说一句话别人都怕。这下子她真的有些害怕了。

但是，正当几个小孩想上前拉扯磨红梅书包的时候，张孝勤从路的那一头跑了过来。他光着脚，上身穿的是哥哥穿了几年的破棉布对襟衬衫，后背心上还有两个大的窟窿，一个破得不能再破的书包里瘪瘪的，大概没装两本书。他因怕上学迟到，一直在急着赶路，跑得满身是汗。

"孝勤哥，孝勤哥。"他听到喊声时，这才知道是怎么一回事。

"哎呀呀，哥哥叫得那么亲热，是大地主家的哥哥吧。"几个小孩看到只有张孝勤一个人，口气更大了。

张孝勤从来就没有怕过人。他从小和他的大哥一样力气过人，腿肚子，手臂粗得很。不到十岁时，挑一担水回家不喘一口气，这一点只有他爸爸妈妈知道。他爸爸还几次警告他，不要随便在外面打架惹事，要低头做人。他一直把爸爸的话记在心里。但是，今天完全不是那么回事。

张孝勤一看这阵势，心中的怒火往外冒，心里想着怎么对付这几个臭小孩。于是，他很快走到了磨红梅前面说：

"把我的书包拿着，到我身后去，越远越好。"

哪有那么多废话，他走到大点的男孩子面前，一拳头打了过去，那男孩躲闪不及，鼻子出血，倒在了地上。

那个臭名远扬的小孩看他单身一人，右手拿了一根棍子，左手一挥："一起上。"

张孝勤后退了两步，突然蹲在地上，用两只小手抓起了地上的大把土灰。他刚刚站起来，三个小孩就冲了过来，他把土灰朝三个孩子的眼睛一撒，一只只小眼睛都睁不开了。孩子们双手只顾擦眼睛去了，张孝勤趁机又是一拳头，打在了臭名远扬的孩子身上，这孩子哪里经受得住，身子一歪，歪倒在了路旁的水田里。

两个小孩都倒下了，另外两个还在流着泪哭喊着擦眼睛。张孝勤大声呵斥说："谁还要打架？以后再欺负我妹妹，我先打死你们。"

孩子们见势头不对，爬起来比猴子还快，灰溜溜地跑开了。

从此以后，没有哪一个小孩再敢欺负磨红梅。磨红梅打心眼里感谢张孝勤，平时上学放学的路上，两个人形影不离。磨红梅家里有一块冰糖，她都要偷偷地拿来给张孝勤吃。张孝勤刚开始还有些不好意思，但冰糖的诱惑还是让他张开了口。那年月并不是每个家庭都有这玩意儿，他也是很小的时候，爷爷还活着呢，每逢大年三十晚上才能够吃上一小块。现在吃起来还是那样的香甜，那样的回味无穷。

张孝勤小学毕业，家里再也供不起他读书了，他只好辍学回家。磨红梅读到初中一年级上学期，小姑娘长得越来越水灵了，没了张孝勤的保护，上学路上又有其他村庄的坏小孩欺负她。她的学习成绩直线下降，这使她非常苦恼。学校经常搞"农业学大寨"，经常要下田下地干农活，这和生产队里没什么区别，她干脆也不去学校读书了。

2

时间过得飞快，几年时间里，张孝勤成了生产队做庄稼的一把好手，高低不平和最烂的田都由他来把耖。他力气大，提耖用耖轻松自如，比任何人都耖得平整。一斗田的"谷草头"别人要三四个人挑一个上午，他每挑一担健步如飞，不到一个时辰挑完了还要提前收工。"双抢"时节用于农田灌溉又长又重的水车，两三百斤重呢，他几乎不要人帮忙，往肩膀上一扛，走得又稳又快。在挖"备战洞"的时候，全村子的人一个月才挖了一个洞，结果他们一家人在他的带领下，就在他的草屋旁边不远的土坑里面，十天时间白天黑夜地挖，挖了一个又长又宽的大洞。生产队长特地叫记工员给他们家加了二十个工分。

磨红梅也已经长成了一个俊俏的大姑娘。她早已在心里喜欢上了张孝勤，只是在众人面前，不再像小时候那么随便了，偶尔两人见面时都会各自脸红。张孝勤更多的时候是躲着她，避开她。张孝勤毕竟长大了，知道自己的出身不好，攀不上她们家。一个地主的儿子，要是和一个根正苗红的生产队队长的女儿结婚，那简直是天大的笑话，这是他做梦都不敢想的。

麦种已经播下了地，村口几棵大点的白杨树叶开始枯黄，北风一吹，飘落在地上了，光秃秃的树干在村口傻呆呆地站着。山上的柴草也都早打蔫了，晚稻也早收割了，留在田里的也都是些杂乱不堪低矮泛黄的谷桩。绿水青山的村子一下子变得荒凉起来。

进入了农闲季节，天气干冷，农田水利建设又开始了。今年要在梁子湖边的一个湖汊子上进行围湖造田活动。湖汊有上千亩，像拉一根三角形的直线，两头一拉，修筑起一个大的湖堤，把湖水隔开，再把湖汊里的水抽干，湖田也就成了。这是当时公社甚至是县里面的第一大围湖造田工程，要三到五年的时间才能完成。

整个工地彩旗飘扬、人山人海。张孝勤他们生产大队是负责修筑中间湖堤的一段，湖水湍急，施工难度相对大得多，所以大家干起活来都是非常小心。

上午，大家挑的、铲的、倒的忙得很，磨红梅也用箢箕挑了一担泥土在人群里穿梭。万万没想到的是，她不小心被谁绊了一下，身子一歪，一脚踩到了堤坝斜坡的软泥上，"哗"的一声，人和挑的担子全掉到了湖水里。湖水深着呢，磨红梅连喊都来不及，只看到水里直往上冒泡，整个身子很快就被水淹没了。天气还冷，湖水更冷，大家惊慌起来，都在一个劲地喊：有人掉湖里了！有人掉湖里了！

但就是没有一个人下去救。张孝勤听到喊声立刻跑了过来，他连身上的破的脏的衣服都没来得及脱下来，朝着湖水里还飘着箢箕的位置，一个猛子砸了进去。

初冬的湖水刺骨的冷，张孝勤在水里面很快清醒过来。刚开始时他并没有找到磨红梅，他把头探出水面，深深地吸了一口气后再次沉入水底，好不容易向前游了好几步，在水底睁不开眼睛，凭直觉伸出双手在摸。摸啊摸，摸啊摸，总算摸到了磨红梅的一双脚，他双手用力一划，把磨红梅整个人都抱住了。很快，他自己奋力往水下一沉，把磨红梅举出了出面。湖堤上的人群一片欢呼，磨红梅肚子里显然是被灌了太多的水，一点反应都没有。张孝勤浮出水面，一只手箍紧她的身子，一只手拼尽全力向岸边游去。

慌乱之中，岸边的人早准备好了破棉袄，磨红梅被几个年纪大点的妇女，在湖堤上用身体围住一边给她换衣服，一边有人按她的肚子，按着按着，“哇”的一声，水吐了出来，磨红梅得救了。

生产队长见女儿没事了，他这才松了口气。

“今天这件事就过去了，以后要注意安全。张孝勤回家休息两天，工分照给。"生产队长当着大家的面说了几句话，所有人这才散了去。

过了几天，磨红梅的妈跑到张孝勤家里，送去了五尺布票、两斤洋油票和两斤肉票，说是感谢张孝勤救了她女儿一命。张孝勤的妈妈拿到这些票据时，双手不停地发抖。她家人多，儿子们好些年没吃过几片肉了，也没添几件新衣裳了。

张孝勤回家这两天，妈妈从邻居那里要来一点生姜给他煮了水喝，出了几次大汗后身体很快就恢复了。但整个人还是恍恍惚惚的，做什么事都没精神。他在床上翻来覆去睡不着，老是想到那天救磨红梅时的情景。他太年轻了，平生以来第一次那么亲近地去抱一个姑娘，哪怕是在刺骨的水里，哪怕当时容不得有半点邪念。但女人身体上特殊的香味，还是让他闻得有些受不了。水底下，慌乱中，他的手都抓到了她光着的肚子、大腿和脚。磨红梅的肌肤像是豆腐做的一样，又嫩又滑，他把磨红梅拽得紧紧的，半点都没有松开。他们两个人被大家拉上湖岸以后，他老担心磨红梅醒不来，在他的瞬间潜意识里，真想马上给他做一个人工呼吸什么的，把她肚子里的湖水吸出来。真想再回到她的身边……

他想，今后要是有一个这么好姑娘结婚，那该多好啊！前两天，一家人在屋里吃饭时还在讨论他大哥的婚事，大哥四十岁了，还是光棍一条。二哥、三哥年龄也都大了，没有一个人成家。他父母亲也着急，父亲在吃完饭后，敲着烟袋撂下一句话："唉，能活命就不错了，谁还能要咱的娃？"

他想着想着，睡着了，惊醒了，吓出了一身冷汗。老觉得是在梦里面。

在磨红梅的心里，张孝勤一次又一次地拼命去救她，这该不是命中注定的吧。她心中闪过一丝不愉快的念头，他为什么是地主的儿子？但是，这样的念头很快就过去了，地主的儿子又怎么样？我才不管他是什么出身，我就是喜欢他，我就是要什么时候找个机会单独跟他说，我要嫁给他。也有好几次，媒人开始踏进她家的门槛了，她把媒人骂了回去。第二次换一个媒人来她家时，她跑到远远的梁子湖边放牛去了。回家时她妈妈骂她野，她两天没吃饭，用绝食来抵抗。

虽近又远，虽远还近。好多次张孝勤与磨红梅碰面时，磨红梅的眼神里充满了期待与诱惑，张孝勤早看了出来。但是他一直躲闪着，从不敢正面去看她一眼。

3

又是一个"双抢"时节，傍晚时分，一抹夕阳已经落入了梁子湖底。收工的男人把牛从地头、山脚下、田畴边牵了回来，牛儿吃饱了草，牛肚子撑得鼓鼓的。谁家的烟囱里开始冒出了炊烟，刚开始时炊烟白白的，很快，白烟变黑了，风一吹，飘摇了起来。要不了多久，好多家的烟囱都冒出了炊烟。谁家的妇女早就把高的矮的竹床、宽的窄的板凳搬到了房前屋后乘凉，还把满是灰尘和热气的地上洒了水，既降温又降灰。

禾场上仍有人不停地牵着牛，拉着石磙在碾稻谷。天还没有完全黑下来之前，一群一群的蜻蜓也跟着人和石磙一起飞来飞去，围着禾场打圈圈。有一只黑色的蜻蜓飞着飞着突然停在了空中，翅膀飞快地舞动着，像是一只黑色的精灵停在了空中。牵牛的人突然扬起牛鞭吆喝一声，蜻蜓无声地往上猛地一蹿，飞走了。蛮大的禾场呢，稻谷草铺满了，有三头牛跟着人一起在不停地在打圈，打圈时草礤发出"叽咕……叽咕……"的响声。每次拐弯的时候，牛都走得很慢，是不是困了？又是一阵"叽咕……叽咕……"声，牛又跟上了人的步伐。走着走着，牵牛的人嘴里不时会哼上几句楚剧小曲。他们心里最清楚，要趁天气好赶紧把谷子收晒完，直到晒干进了粮仓才放心。

十一点多钟，头顶上的月亮很快被几层黑的乌云遮盖住了，乌云越来越浓厚，黑暗的阴影更加浓密起来，一阵东南风吹醒了乘凉的人们，窒息的暑热突然不见了。又是一阵还要大的风吹过来时，生产队长吃了一惊："不好，雷阵雨要来了。"

"嘟嘟……嘟嘟嘟……嘟嘟……嘟嘟嘟……"长长的哨音把全垮子里的人都惊醒了。

生产队长第一个拿着火把站在了村口，扯起破喉咙歇斯底里地喊："快起来啦，大家快起来啦，几千斤谷子还在禾场里呢，要是全打湿了，公粮没了，余粮没了，你们全家的性命都没了，全村人他妈的都得饿死。"

生产队长的话一点都不假，谷子打湿了就会很快发芽、发霉，全都会烂掉，那是大家的命根子，没有人敢怠慢。东南风开始一阵紧似一阵，偶尔还伴有雷电。村民们叫惯了"雷阵雨"，实际上就是暴风雨。整个村庄沸腾了起来，房前屋后的竹床板凳早丢到了一边，抢谷子要紧。拿箆子的，撮箕的，麻袋的，尼龙布。大家跑的、冲的、走得快些的，都往禾场里拥去。张孝勤和磨红梅等一些村子里的年轻劳动力，更是跑在了前面。

风越来越强劲，还伴有几滴大的雨点落了下来，这正是暴风雨的前奏。禾场里牛和石磙早就拉到了一边，大家的心情也都更加紧张起来。先要做的是赶紧用草莛把稻草捆起来，捆起来的稻草还要码在一起按顺序放好。接下来是收紧禾场地下的谷子。有人拿来了生产队里长长的篾围子，把尼龙布垫在了篾围子底下，尽量先把谷子拢在一起，用篾围子一圈一圈围起来，做成几个临时的粮囤。

风又大了起来，吹得禾场的稻草满天飞，个别年纪大的人有点站不住了。他们带来的斗笠早吹跑了，蓑衣也穿不住了。挂在木杆上的几盏马灯晃荡很"嘎嘎"响，只能让人提在手上。雨点密集起来了，打在人的身上还有点疼痛。但没有一个人退缩，箍的、铲的、刨的、抬的、扛的、挑的、扫的，人人在与时间赛跑，个个在与暴风雨搏斗。雨声、喊叫声，骂人声，跑步声、箩筐筛箕的碰撞声交织在了一起，所有人把谷子全往篾围子那里集中。

张孝勤赤着背膀站在了一个最大的篾围子上面，用箍子拼命地把大家送来的谷子箍平。他力气大，动作迅速敏捷，谷子、草灰、雨水全洒在他身上。

"大家再加快速度，再快点，暴雨来了，真的来了。"生产队长手里拿了一只大的木锨，站在禾场中间扯起喉咙大声喊。

正当张孝勤用尼龙布盖上了粮囤最后的谷子时，暴雨倾盆而至，肆虐的风裹挟着雨水恣意飘洒。一道耀眼的闪电撕裂开黑色的夜空，紧接着"啪啪"的雷声在人们耳边炸响，这是人们常说的"炸雷"。在人们惊魂未定之际，"轰隆隆……轰隆隆……轰隆隆……"的雷声接踵而至，这叫"滚雷"。滚雷从山的这一头滚向山的那一头，一路滚过去，像是安装了几万个几万分贝的低音环绕喇叭，震得你胆战心惊。禾场里的谷子收拾得差不多了，大家冒着暴风骤雨拼命往家里跑，好几个人被风吹倒在了水田里，全身稀泥，他们爬起来又继续跑。张孝勤还在雷雨中尽量把尼龙布压得更紧，缠得更牢固。有一个人在帮他的忙，那就是磨红梅。她担心张孝勤，他心疼张孝勤，有意留在了后面。

雨水实在太大了，两个人早已变成了"落汤鸡"。当张孝勤从粮囤上面下到地上时，磨红梅靠近他的耳边大声地喊：

"雨太大了，先找个地方躲一躲。"

"什么？我听不见。"

"去草垛旁边躲躲雨。"

"好，赶快跑。"

两人一起跑到了一个大的草垛旁边，这还是去年留下来的旧草垛，冬天里生产队的牛吃草没吃完就闲置了下来。不知是牛吃草的原因还是小孩子们捉迷藏弄的，草垛的一侧被抠进去一个大的草洞，差不多可以躲藏进去两三个人，张孝勤和磨红梅很快钻到了里面。

草洞外面虽然还在电闪雷鸣，狂风肆虐，大雨倾盆。草洞里面却没有了风吹雨打，感觉突然安静了下来，好像一下子变成了两个人的天地。张孝勤一边拍打着身上的雨水，一边埋怨："好多年没见这么大的暴风雨了，这老天像是要破了。"

磨红梅进来后静静地站了一会儿后，心一直在"怦怦"直跳，眼前就是他的孝勤哥，眼前就是她朝思暮想的心爱的人儿，这真是天意啊。她实在忍不住了，还没等张孝勤的话说完，就张开双臂紧紧地从身后抱住了他。很快，磨红梅的眼泪"哗啦啦"地流了出来，接着她又号啕大哭，哭声比外面的雷雨声还要大，边哭还边用柔嫩的拳头捶打着张孝勤的后背："孝勤哥，孝勤哥，你为什么不理我？为什么不理我？为什么呀？"

张孝勤的脑子一片空白，他一动不动地站在那里，任凭磨红梅边哭边打。很快，他的喉咙在缩紧，心脏开始了战栗，全身在抖动。他还闻到了磨红梅身上、头发上那种特有的香味，淡雅、清新、郁烈、沁人心脾。总之是他梦中的那种女人味。去年自己在梁子湖抢救磨红梅时，闻的正是这种味道。这味道让他日思夜想，这味道让他度过了无数不眠之夜，这味道让他欲罢不能。今天的幸福来得太突然了，这种诱人的味道又回到了他的身边，他有些不知所措。一种胆怯、朦胧、痛苦又幸福的感觉袭扰着他。张孝勤头上的雨水在往脸上流淌，他用右手不停地抹一下自己的脸，眼睛睁开着，算是让自己清醒一下。突然轻轻地有些哀怨地说了声："我是地主的……"

磨红梅几乎是咆哮着呵斥住不要让他说下去，边呵斥还在边捶打："我不管，我什么都不管，我这命是你救的，我这人就是你的。"

突然，她松开了双手，开始快速地脱掉上身那早就打湿了的上衣，一层，两层，边脱边大声地说："我不管，我什么都不管。我这命是你救的，我这人就是你的。"

又一声"噼啪"的雷声响起，把黑夜照射得像白昼一样，磨红梅的上身全脱光了，手里正拿着还没来得及丢下的红兜肚。她那满是雨水的头发紧贴在脸上，还有几根遮掩住了眼睛。脸上不时有雨水、泪水和在一起往下滑落。磨红梅看上去更加妩媚、动人。她的整个身体匀称、圆润、丰满，不胖不瘦，她的肌肤纯净白皙，是那种掩饰不住的自然美。

雨水和着泪水还在往下滑落，滑落到了她的乳房上。两只乳房微微翘起，微微颤动着，闪耀着晶莹的光泽，诱人的光芒。那是少女的骄傲。欣赏它，让人悦目。欣赏它，正如欣赏女人生命的全部。

磨红梅的父母平时管教过于严厉，她在垮子里说话都不敢大声，就连笑容都少。磨红梅哪怕穿衣服露出脖子多一点，父母亲就会骂她，骂她没有一点女孩的样子。磨红梅穿的最好的衣服是阴丹士林蓝布衬衫和藏青色的裤子，偶尔还会把红头绳扎在辫子上，或是把红头绳缠住橡皮筋戴在手腕上，就像是戴上一只红红的手镯。那是她最幸福的时候，每次想孝勤哥哥了，她就会把橡皮筋的"红圈圈"戴起来。

今天，磨红梅终于爆发了。她给张孝勤展示的不仅仅是胴体，而是敞开的襟怀和心扉。其实，她早已经忘记一切了，像是一个醉酒了的汉子，把自己撂在了这儿。

雨水和着泪水继续往下滑落，她扔掉了红兜肚，毫无顾忌，继续脱下早已湿透了的裤子，直至脱光身上任何一点多余的东西……

张孝勤还一直呆呆地站在那里，眼睛直直地看着磨红梅，任由她把衣服一件件地剥落。他的全身肌肉绷得紧紧的，几乎喘不过气来。张孝勤欲望勃发，从生理本能上早已经受不住如此的诱惑。

村子里和他或是比他大些的光棍汉，经常会在他面前提起女人的事。他的心中，早就有了磨红梅的影子，这影子哪怕是那样的远在天边，那样的触不可及，那样的缥缈虚幻。他清楚地记得，一次在村头的路上，磨红梅不知为了什么急事跑了起来，在风中，在绿色的稻田间，两条辫子摇摆着，整个身子上下跳动着。张孝勤就像是看到了一朵美丽的花儿在风中飘荡、翻飞。那样的感觉真好。

又是一阵电闪雷鸣。雨水从张孝勤的头上往身上滑落，慢慢地，慢慢地，他的心静了下来，理智战胜了欲火，生理上的需求在消失，一种精神的力量在升华。张孝勤看到的不再是一个赤裸裸的女人胴体，而是一座伟岸的雕像，一幅美丽圣洁的图画。画面的主人正是堰子里暴雨过后那一道璀璨的彩虹，池塘里那一朵盛开的莲花，梁子湖畔传说中的女神。女神是美人鱼的化身，她美艳、漂亮、端庄，掌控着湖水里万物的生老病死、传宗接代、婚姻恋爱，所有生物都拜倒在她的石榴裙下。

张孝勤满含着泪水，双膝跪倒在了磨红梅面前，心中千百万句地呼唤："你就是我的女神啊，我的亲爱的红梅，我的……"

草洞外面的暴雨停了下来，丝丝晚风从耳边飘过，飘向了山的那一边。雷电也都停歇了下来。黑的夜不再那么可怕，不知是谁家的老牛在栏圈里"哞……哞……"地叫了几声，似乎在告诉人们，暴风雨过后才有了庄稼的好收成。大的、小的青蛙和癞蛤蟆，先后在田畈里"咕咕咕……咯咯咯……"欢快而有节奏地鼓噪开了，像是在倒腾一场热闹的音乐会。禾场里的排水沟、稻田田缺和池塘的排水口，也都"哗啦啦"地唱起歌来。大的、小的鱼儿，还有泥鳅、黄鳝，它们在青蛙、癞蛤蟆的音乐伴奏下，翻呀，滚呀，跃呀，一个个可开心了。一条大的蚯蚓从田畦的泥土里钻了出来，歪着弯曲的懒腰也来凑热闹。还有一只蜗牛不知从哪里爬了过来，爬呀爬呀，总算爬到了一个塘堰的高地，像是一个蹒跚的老者视察工作，不时伸出两根肉须的脑壳在喊：我的孩子们，你们尽情地唱吧，跳吧，舞吧，今儿个俺高兴，陪陪大家一起玩！

以后的好些日子，张孝勤和磨红梅趁着黑夜，要么在草洞里，要么在麦田里，要么在山沟沟里，紧紧地拥抱在一起，爱抚在一起。

4

半年以后的一天晚上，还是一个雨天，还是在禾场的那个草洞里面，磨红梅告诉张孝勤，自己怀孕了。张孝勤早就知道会有这一天，听完后既喜又悲，他也不知道该怎么办。磨红梅要他早些告诉父母亲，说自己一个女孩子怎么好意思跟家里讲，看有什么好的法子促成两人早点结婚。

张孝勤的嘴巴本来就笨拙，另一个原因是他心里也特别惧怕，所以他一直不敢跟家里大人说出口。眼看着又是两三个月过去了，磨红梅的肚子都快出怀了。张孝勤趁一家人吃晚饭的机会，刚好父母亲还有几个哥哥都在家，于是硬着头皮说："老爸，老妈，我有个事要与你们商量，就是……就是……"

他妈是急性子："就是什么?"

"就是……"

"就是……我……我跟队长家的磨红梅好上了，而且她都怀……怀上了……"

"砰"的一声，他妈妈手上正在吃饭的碗掉在地上摔得粉碎。

一家人几乎全都站了起来，个个惊讶得目瞪口呆。他爸爸走上前去，狠狠地捆了他两个耳光，气得在地上直打圈圈，嘴里骂着：

"你……你给老子跪下，你……你……你这个杂种，你……你这个不中用的东西，你……你……你闯大祸了，你……你闯大祸了呀!"张厚玉老泪纵横，说完用脏污的衣袖抹着泪水。

张孝勤很快跪下了。妈妈号啕大哭起来："我的命苦啊，我怎么生了你这个儿啊，早知道就不该把你养大! 我这是造孽啊，我的命苦啊……"张孝勤是她最疼爱的幺儿，她怎么能不痛心?

爸爸越来越生气："你这个不争气的儿啊，你……你……你闯大祸了啊！"

"你们只知道哭，哭有什么屁用，赶紧想个法子！"二哥过了一阵子站起来说话了。

夜色笼罩着寂静的小村庄，庄稼人早都睡觉了。很晚了，一家人都没想出任何一个让张孝勤能够结婚的好法子……

过了几天，中午，张孝勤的父母亲去了趟孩子们的三姨家，说是要很晚才回来。兄弟五个在家里吃完饭，大哥叫老三把大门闩住了。

大哥发话了："今天刚好爸妈走亲戚去了，咱兄弟几个商量一下老五和磨红梅的事。"

所有人都放下了碗筷，这个话题太凝重，气氛有些紧张起来。

"为了我们这个家，为了父母，为了兄弟几个还要活下去，这俗话说，解铃还须系铃人。现在只有一个法子，那就是……就是……老五，你必须死，一死百了。"大哥几乎是哭着说完了这几句话，兄弟几个全都哭成了一团。

5

月亮像弯刀一样悬挂在了半空中，狰狞的月光照射在了梁子湖水面上。刺骨的湖风吹过来时，还掀起了小小的波浪。波浪拍打着湖岸，发出的声音像是敲打着人的心扉，一阵紧似一阵。

张孝勤走在湖堤上，来来往往走了几个小时。

这里就是他救起磨红梅的地方，第一次亲近磨红梅的地方，第一次闻到一个女人香味的地方。一颗长期压抑的心刚刚得到慰藉，并点燃了熊熊的生命之火。突然，一切破灭了。张孝勤的生命就像一阵飘零的夜雾，瞬间消失在沉沉的黑暗中……

十五天后，磨红梅在同样的地方，也投入了冰冷的梁子湖。

友环叔和三秀婶

1

张德宝埗的人大都已经睡觉，偶尔，还能看见几家微弱的灯光，正一闪一闪地晃悠。

晃悠的灯光是被一阵阵北风吹的，三秀婶婶坐在煤油灯下不停地纳着鞋底，大点的，细点的，宽点的，窄点的。那是她六个儿子今年过年穿的新鞋的尺码，她早就熟记于心。前几天就打好了袼褙，鞋帮已经用糨糊糊好剪好，今天只差三儿子最后一双鞋底了。

三秀婶婶头发有些蓬乱，脸颊上泛着白点，明显缺乏营养。她上身穿了一件花格棉袄，那是她从婆家出嫁时唯

115

一的一件新衣。棉袄颜色早已退去，泛着白色。下身的棉裤是黑色的，又宽又肥，据说是她公公去世时留下的。她的床边，睡了两个小个的男孩，四个大些的男孩都挤在了对面一个大点的竹床上。孩子们早已睡着，因为天冷，都窝在一起取暖，窄小的房间仍能感受到儿子们睡熟后呼出来的热气。盖着的棉絮实在破得不成样，上面只好堆了一堆他们自己的破烂衣服。冷着呢，总比没有的好。

三秀婶婶一直低着头，就着煤油灯，一针一钱，一线一针纳得认真细致。一阵紧似一阵的北风从破旧的窗户吹进来时，晃悠的灯光好几次差一点被吹熄，她粗糙的手揭开玻璃小灯罩，用针头把里面的灯芯挑了挑，灯光才大一点。偶尔，用针头拿到自己的头发上篦了篦，继续纳她的鞋底。

三秀婶婶今天舍得点那么长时煤油灯，还有一个原因，是在等她的男人回家。

年关到了，友环叔吃完晚饭，扛着一把锄头，趁着天黑，到村旁的山脚下去挖些树蔸回家取暖。

友环叔挑着树蔸推开家门时，三秀婶婶放下了针线活儿，起身出来迎接自己的男人。她帮友环叔把肩上挑的树蔸放了下来，还顺手拿来一块破抹布，不停地拍打着他身上的泥土。友环叔又从裤腰的两边口袋里掏出几个白萝卜，萝卜都还带着泥土。他还没等三秀婶婶问一声，便说："路边地里的，晚上没人，顺手拔了几个，唉，今年这个年难过啊！"

三秀婶婶没吱声，把房间里的煤油灯拿到了厨房。说是厨房，实际上仅有一个临时的灶台而已，烟囱靠近瓦片的一截破了一个洞，煮饭时经常满屋子都是烟。三秀婶婶很快在灶台前升起了火，她还揭开了锅盖，用一只破葫芦瓢从水缸里掐了两瓢冷水倒进锅里。灰头土脸的友环叔也走到灶台旁，还在用手不停地拍打身上的泥土。

"我明天去大姐那儿，她婆婆还织着布，赶紧去要点回来。要不，几个儿子连一件新衣裳都没有。这还不说，今年特别冷，多少年都没这么冷过，我明天就去。"三秀婶婶一边用火钳往灶里面夹柴草，一边接着友环叔刚才的话在说。

"去吧，跟你老姐说点好话，这天冷的，霜冻都好多天了，咱们保命要紧。"友环叔说着拿来了靠在墙边的木脚盆，等锅里的水烧热了好洗脚。

两口子一夜无话，屋外的北风猛烈地在吹着。他们家的房子是半个连三间，屋子好久没维修了，风从破窗户、后门缝隙吹进家里来时，发出"嗖嗖"的哨音，怪怪的声音有时令人战栗。友环叔洗完脚后还从灶门口找来稻草，又把稻草揉成一团，堵塞住了门缝。刚塞住，听到一只小狗在门缝外叫。他打开后门，那是自己家养的，不知什么时候关在了门外，今晚如果进不了屋，肯定会冻死。

2

三秀婶婶第二天一大早打开大门时，一阵寒风吹进屋内，她的身子抖擞了一下，不由自主地说了声："好冷。"她抬头望一眼天空，泛白泛白的，刺着她的眼睛。屋檐、瓦楞下面吊着尖尖的冰凌，长的、短的、粗的、细的都有，昨晚下了一场冻雨。地底下的泥土都被冷冻成了颗粒状，有点滴水的地方更是结成了冰块，散落的稻草和柴草上面，泛着白白的霜雪。门前的一棵苦楝树上光秃秃的枝丫分着杈，也全都被光滑的冰霜包裹着，手摸上去滑滑的。

儿子们都还没起床，友环叔在房间内咳嗽了两声，也起来了。三秀婶婶穿的是昨晚的棉袄，换了一条厚点的裤子，裤子膝盖处补了两个补丁。她又找来一双雨鞋，没有鞋垫，里面垫的是稻草。她洗脸时照了一下镜子，年轻时的明眸皓齿早没了，曾经圆滑洁白的脸蛋变得瘦削，看上去又黑又皱又粗糙。简单梳理过的头发，被刚才打开大门时的北风一吹，又乱了。她没有心思想这些，提了只空破篾篮就上路了。她跨出门槛，双脚踩在地上，都是被冻得艰硬的泥水，发出了"嘎吱嘎吱"的响声。

三秀婶婶刚走出村头，在下里塘塘堤上碰到六奶正要去水塘里洗衣裳。六奶年纪大些，但农村妇女不怕冷，脏衣服天天有，再冷的天也只有到塘堰里去洗。

六奶还问了一声："她媳妇这么早去哪呀？"

"您老洗衣裳呀，去……去我姐家，到年了，算是去拜早年。"她没有停下脚步，说完话还笑了笑，又匆匆往前赶路。

她姐是毛家塆人，几公里地，三秀婶婶不到半个时辰就走到了。姐妹俩一阵寒暄之后，三秀婶把来意说了一遍。姐姐面色为难地说："布是有，昨晚刚织出来的，还没来得及染色，这鬼天气，想染都干不了。再说了，几天就过年了，也来不及呀，这怎么办呢？"

　　"姐，这样吧，你先把布给我，我自己回家再想办法。孩子们已经冷冻好多天了，实在染不了色就不管了，你妹夫也都说伢儿们保命要紧，等下半年家里做好了，多少钱什么的再还你们家。"三秀婶婶停顿了一下说。

　　姐姐迅速把手一挥，不高兴地说："妹子，这话说的，一家人，见外了不是。每家的日子都不好过，你说得对，保命要紧，保命要紧，就算是我为外甥们买的过年新衣裳，这该可以了吧。"

　　三秀婶婶一脸的笑，还想说点什么，但没说出来。姐姐拿来剪刀，根据几个外甥衣裳的大小、尺码一量，一刀下去，"哧"的一声，手脚麻利地扯下来一块布，卷起来就递给了妹妹。本来还想挽留妹妹吃饭什么的，三秀婶婶没同意，说是赶快回家为伢们裁剪好衣裳是大事。

三秀婶婶走出姐姐家时，北风还在呼呼地吹。但此时，她没感觉到冷，全身好像有一股暖流在涌动。脸上也没有刚来时那么刺痛，脚底下雨鞋垫的稻草也热了，不再感到冻脚。她心想着，过年了，伢儿们不但能保暖，还能穿新衣裳，这是好多年没有的事了。

她刚回到家门口，昨晚那条差点冻死的小狗，尾巴一摆一摆地迎了过来。同时迎接她的还有两个最小的儿子，一个两岁半，一个快四岁了。小儿子也会走路说话了，他们各抱住妈妈的一只脚，都在喊："妈妈……妈妈……"三秀婶婶有一种瞬间的幸福感。

友环叔拿了一把短斧，低着头，一个劲地劈着昨晚拿回来的树蔸。树蔸还没经太阳晒过，太湿，劈起来很吃力。今天已经是腊月二十八了，本来家里早该送灶神，打扬尘什么的，全都免除了。屋子太破烂，扫掉墙上的扬尘，还有楼上的、瓦上的、破窗户外吹进屋内更多的扬尘，没有了这个必要。两口子想得最多的就两个字："吃"和"穿"。

三秀婶婶把破篾篮放在了一边，微笑着抱起了最小的儿子说："伢儿他爹，姐姐给布了，来不及染色，白的，咋办呢？"

友环叔看了一眼篮子里的布说："来不及了，保命要紧，大儿子早上刚起床咳嗽得厉害，衣服穿少了，感冒呢。我们家又没有钱买什么染料，快去与保如哥家的王嫂合计一下，她是裁缝，赶紧把伢儿们的衣服做起来。"

"只能这样了，中午怕我晚些回来，你先把苕片放到锅里去煮。"三秀婶婶也想不出其他办法，她说完提起破篾篮赶去了保如哥家。

三秀婶婶夜以继日忙碌了两天，儿子们的衣服终于缝好，大儿子感冒还没好，为保暖当天就穿上了。今天是大年三十，各家各户的烟囱都在冒烟，平时除听到的狗叫声、猪叫声、鸡叫声、人叫声外，又多了不知谁家的小孩，偶尔放一两个鞭炮发出的响声。新年真的来了，六奶上午还到他们家，说公家宰杀了两头猪，就在老仓库里面，赶快去分猪肉。

3

友环叔来到仓库肉摊时，四爹孝慈、三爷友柏、青山叔和友金叔等好些个男人都在。大家有说有笑，有闻肉香味的，有分肉的，更多的是来看热闹的。许多家庭一年都吃不上一两次肉，人人脸上洋溢着兴奋。但分肉是要按照一年来在生产队做的工分来计算的，进钱户会分得多些，超支户要少得多。友环叔家只有两个大人拿工分，那么多儿子吃饭，还有一个七十多岁的老娘，在他弟弟家的病床上长年躺着。他们家是村里最大的超支户，大家看到他提着竹篮来时都笑话他。

"傻了吧，友环老弟，你们家呵，像屙狗仔一样，屙那么多儿子。你怎么不去屙一个女儿出来呢?"

"天一黑就上床睡觉，一天到晚只知道搞那玩意儿，儿子多了不是? 你还真以为自己是一条老狗啊，瞧你那点出息。"

"给一个儿子让我来养，以后就是我的呵，保证比你养的还要好，怎么样?"

"有钱养儿子，还不如把你那个破房子给整整。"

友环叔知道大家都在开他的玩笑，他是一个老实人，低着头，也没吱声。此时，他脑壳里想的是如何才能尽量多分些猪肉，哪怕多一点骨头都行，大儿子感冒越来越严重了，晚上拿点骨头回家熬点汤给他喝。

今天是青山叔杀猪掌刀，轮到分给友环叔的肉时，青山叔拿着刀在案板上敲了一下，望了大家一眼说："他们家的情况你们都清楚了，能分到一两斤肉就不错了，这里还剩一个猪头，我的意思给他算了，大家说有什么意见?"

"没意见。"

"没意见。"

"没意见那我就砍了呀。"青山叔"啪嗒"两刀下去，把一个猪儿头递到了友环叔手里。友环提着猪头激动得不行，笑着脸，点着头，哈着腰："谢老哥，谢老哥，谢谢大家看得起。"

友环叔三步并作两步把猪头提回家时，一家人也都高兴了起来。

"伢儿他娘，快去灶里烧火，把大锅洗干净。"友环叔的话音刚落，三秀婶婶怀里还抱着的小儿子都来不及放下，急忙来到灶台前面。农家的灶台一般都会有大小两口铁锅，小铁锅是主锅，是平时一家人吃饭用的。大铁锅都会建造在靠墙壁的一侧，家里有什么大凡小事，或过年过节才用得着。

三秀婶婶以最快的速度把好久不用的大锅洗得干干净净，又装了大半锅水。火塘里的火燃了起来时，友环叔特地把火钳烧红，然后拿着火钳来到猪头前面，烫烧掉还没有刮干净的猪毛。烫烧一下，"哧"的一声，猪头就会冒一股白烟出来，臭得很。不一会儿，水烧开了，他提起整个猪头，在水里焯了一下，再焯长一点时间，除去猪头里面的杂水和污秽浮油，然后再来砍碎，砍成一块块地吃。友环叔还找来了砍树蔸的短斧，刚把锅里的猪头提到砧板上，突然一阵急促的敲门声让他停止了劈砍。三秀婶婶打开了大门。

"呵，是队长，队长好，当阳哥好，国庆弟好。"三秀

125

婶婶看见他们时心里有点发虚，更没想到队长大年三十的来到家里。在村民的眼里，队长权力很大，大过公社书记，县委书记。反正村民一辈子也没见过什么书记，只晓得生产队长。当阳哥家里是村里有名的进钱户，两口子都是劳动力，也不知道什么原因两人没生小孩，听说抱养过一个，后来夭折了，就没再抱了。国庆弟是生产队会计，人老实。

友环叔也有点蒙，一直围在灶台前看父亲砍猪头的几个孩子也都走到了堂屋，孩子们个个衣着单薄，也不知道发生了什么事，一双双眼睛直勾勾地望着队长这一群人。

"你们家屋子里有一股肉香味，我在外面都闻到了，是不是有什么好吃的呀？"队长发话了。他个头不高，鹰钩鼻子，眼睛经常眨巴眨巴，一眨巴就要说话。种庄稼的人的头发从来就是蓬松的，只有他的头平时总会比别人梳洗得干净些。队长上身穿了一件旧的军上衣，口袋里经常会挂一支钢笔。一件同样是灰色的旧裤子，穿得松松垮垮。

三秀婶婶听出了队长的话里有话，心"怦怦"直跳，脸也红了。她老记得队长每次与她单独见面时，眼睛里总是不怀好意，她避都避不开。她今天没敢想太多，迅速回过神来，急急地接着说："哪儿呀？是队里刚分肉，我们家人多，乡亲们看得起，分回了一个猪头，刚放在锅里煮呢。"

队长笑了笑，露出了两颗龅牙，说："今天我来也冇得么事，大过年的，大家都不容易，也知道你们家人多困难，是不是？"

他停了停，望了望当阳哥和国庆，两人点了点头。天冷，队长自己也有点感冒，齉着鹰钩鼻子说："我还是把话往直里说吧，隔壁左右的，这每天抬头不见低头见。今天肉摊那儿出了点差错，把当阳家里的肉分掉了，会计在这，是不是？"

国庆会计点了点头。"这不行啊，他们家是大进钱户，弄不好的话，会伤害生产队绝大部分进钱户的心，这以后还有谁会为生产队干活呀？"他停了停，这次是望了望友环叔、三秀婶婶和一直低着头站着的大小不一的六个儿子。

友环叔人老实，听了队长的话后，心里好像憋了一口气，这口气一直出不来，自己也不知道说什么好。右手上的斧子还没放下，相反地，握得更紧了。

队长摸了一下鹰钩鼻子，说："这样吧，你们家分的这个猪头呢，就甭煮了，今天让给当阳，算是抵了今年的超支钱。"

"队……队长，算了，算了吧，我也不要了，这……"当阳还没等队长话说完，就抢着说。

"这……这……什么？我是队长，我说了算。"

队长原形毕露，说话的声音比刚才大多了。两颗龅牙漏风太大，吐沫也跟着喷了出来，一屋子的人都有些被吓住了。友环叔两口子一脸的怒气，大儿子感冒还没有好，重重地咳嗽了几声，最小的两个儿子吓得哭了起来，小狗子也在跟着"汪……汪汪……"地叫。三秀婶婶走过去踢了第五个儿子一脚，恼火地说："我叫你哭，我叫你哭。"踢完后感觉不解气，又补了两脚。

队长才不管这些，随即来到厨房，砧板上的猪头还冒着热气，他一手抓住了猪头，狠狠地递给当阳："拿着，咱们走。"

队长一行人走出了家门，一阵刺骨的寒风吹进屋内，儿子的哭声和狗子的叫声越来越大了。友环叔还傻傻地站在那里一动不动，右手上的斧子抓得更紧，血脉偾张。三秀婶婶瘫软地坐在了地上，泪水婆娑，双手在冰冷的地上拍了又拍，大哭起来："呜呜……我的命苦啊！这个年叫我怎么过啊！呜……呜呜……"

屋外，"噼啪……噼啪……"的鞭炮声响了起来，不知道是谁家开始吃年夜饭了。

4

大年初一早上，天气还是出奇的冷，北风像刀片一样割着人的脸皮。昨晚又下了一场冻雨，比前天的还要大些，冷些。门前的岱山、面前山的松树、杉树和杂柴茅草全都泛着白霜，就连一大早最勤奋觅食的鸟儿，也都不知道躲哪儿去了。

"噼啪……噼啪……"的鞭炮声又在全村此起彼伏地响起。一年到头，这样一个偏远的穷乡僻壤，也只有今天才显现出一点点生气。

每家每户，都在打开大门迎接新年。农村还有一个习惯，这一天不宜起床太早，太早了，一年当中，总会遇到些不顺畅的大小事。今天还有拜年的习俗，全村各家各户都要互相走动，也就是相互拜个年。大年初二，才是到外婆、舅舅家拜年，初三到岳父母家拜年，初四以后就到一般亲戚或朋友家拜年了。

今天，每家每户必须要有人到队长家里去拜年。

友环叔家一家人打起精神。好与坏，穷与富，有吃没吃，有穿没穿，年还是要过，这叫"穷年不穷节"。在去队长家拜年的事情上，两口子犯了愁。叫儿子们去吧，大过年的，破衣烂裤总不好。儿子们穿上新棉衣吧，白衣白褂又不行。三秀婶婶最后作出决定，让大儿子和二儿子去，大儿子感冒本来没好，更不能少穿衣裳。白衣裳就白衣裳了，全垮子的人都知道我们家穷，又不是故意的。

两个儿子在鞭炮声中，冒着凛冽的寒风来到队长家。但是，队长不舒服了。他当着许多同样是来他家拜年的村民的面，狠狠地抽了大儿子两个耳光，抽得大儿子趔趔趄趄摔倒在地上，哭了起来。

队长边打边骂："狗娘养的，你们家什么意思，昨天我又没吃猪头，想报复是不是？"

说着，队长还气得全身发抖，周围的人想劝住他，可没用。他挥了挥手，摸了一下鹰钩鼻子，指着两个孩子还在咆哮：

"你们这是来我家戴孝的是不是？狗娘养的，我们家又没有死人！"

咆哮声几乎把全村都惊醒了。说完，他歪斜着身子，拿起了屋角落的一把锄头，还要打两个孩子，被旁边的村民拉住了。村民们都在说："队长，两个小孩儿，不懂事。他们家的情况您又不是不知道，不会是故意的，您高抬贵手，别这样！"

"给老子滚，快点滚。"

队长的锄头已经差不多落在了大孩子的头上了，两个孩子吓得跑着离开了队长的家。

哥俩哭着回到自己的家里时，三秀婶婶抱着两个儿子痛哭起来。友环叔本来还在劈砍他的最后一个树苑，手拿斧头，同样气得全身发抖。他把几个儿子都叫了过来，当着三秀婶婶的面说："哭哭哭，只知道哭。你们都给老子记住了，今天是大年初一，天不会总是黑的，总有一天，老子一定要报这个仇。"

友环叔说话时，眼睛都红了，脑门两边的青筋凸了出来。

5

转眼间，十多年过去了，友环叔家的几个儿子都已经长大成人。那个时候，生产队刚刚分田到户，两家为了各自田缺里放水的事打了一架。友环叔家的五个儿子都出动了，队长家三个儿子也不甘示弱。友环家的二儿子，用锄头把队长家的三儿子的头打破了，经送医院抢救不及时，流血过多死亡。

杀人偿命。尽管塆子所有人都为友环叔家的二儿子感到可惜，但最后还是被判了死刑……

读 书 偶 记

我是一边放牛一边读完小学的。

六到七岁，该是我记事的年龄，也刚好是我上学的年龄。一年级，我是在垮子里的保如哥家读的，老师也是保如哥，就像过去读私塾一样。一年级成绩出奇的好，什么时候考试都是一百分，只有一次数学九十九分，老师很喜欢我，很快，我当了班长。

读二年级，是在细德宝垮读的，老师叫张志南，记得去报名时家里拿不出两块钱。志南老师提前把课本给了我，现在想起来我还要感激他。

三、四年级在金福小学读书。这是我十年读书期间最糟糕的两年。从三年级开始，生产队就把牛分配到每家每户放养，这样一来，我必须一边读书一边放牛。那时还有早读课，但我早晨起来要放牛，怎么办？妈妈经常骂我，读狗屁书，放牛要紧，我一点招儿都没有。从此，学习成绩下滑，数学考试曾得过七十多分，我哭了，哭了还是要放牛。

我跟绍焱哥、水平哥及泽栋老弟同一个班，班主任是一个叫刘拼英的女老师。一次，在细德宝塆与少峰塆的半山坡上种西瓜，劳动任务是要往西瓜坑里施肥。同学们从家拿粪桶、箢箕、扁担，挑的挑，抬的抬，扛的扛。我和绍焱哥当时挑不动，两人就抬了大半桶水粪，到瓜地时，已是满头大汗，肩膀痛，脚也痛。水平哥个子高，挑了两小半桶粪水，一路上晃晃荡荡，等他挑到西瓜地时粪水只剩下一点点。刘老师狠狠地批评了他几句，说装样子，出工不出力。还夸我和绍焱哥实在，我和绍焱哥在一旁偷着笑。

读四年级时，伯父把我转到了新桥小学，这是一所乡村大队小学，当时承担着初中年级的教学任务。

刚来学校时，有好多同学，女同学特别多，像刘文娟、熊水容、刘素萍、熊翠枝等，男同学有熊军田、刘洪武、吴世清、熊汉云等。越往上读，因为成绩跟不上等原因，有的同学刚小学毕业就辍学了，有些同学读了初中一二年级也就没再读书了。

老师的生活条件非常艰苦，有句形容他们在食堂吃饭的话："打饭用尺量（老师学生的饭用大蒸笼蒸熟后再划割成一块块分给大家的），打锅皮（面粉在锅里烫的面皮）用圆规，打菜用毫厘计。"我偶尔寄宿在校，与老师们一起就餐。周末的一个夜晚，老师们不知从哪弄来糯米"打平伙"，西北人叫"打平花"。饭熟时，全学校乃至附近的村庄都能闻到糯米饭的香味，老师们个个拿着空碗用筷子敲打着到饭堂前排好队。糯米饭是用锅煮的，其实锅巴比饭更诱人。熊道茂老师那天煮饭，轮到我去打饭时，他用锅铲在我碗里按了又按，把我的碗装得很结实，还特地铲了一大块锅粑扣在米饭上面。后面排队的老师不知是谁嘀咕了几句，熊老师马上说，孩子正是长身体的时候，多吃点你们有什么意见呢?

全班同学至今还记得那一场暴风骤雨，我到了好大年纪听到雷声就害怕。初二上学期，几个班的新教室并成一排。由于当时经济困难，教室的墙都是单砖砌的，选址又在一个小山坡顶上。初夏雨季的一天上午，天空突然乌云密布，电闪雷鸣，一阵阵狂风挟带着暴雨猛烈地摧残着新教室。很快，教室开始垮塌，同学们还在上着课呢。刹那间，风声雨声雷声同学们的惊叫声全响了起来，教室外面是伯父和几个老师在雨中拼命对同学们喊："快跑出教室啊！快跑出教室啊！"我没来得及跑出来，同金淑文同学一道，在一个坚硬牢固的课桌下躲藏了起来。课桌是方的，也不知道是哪位同学从家里把饭桌搬来代替的，经得起砖头打砸，我俩都要感谢这张救命的课桌。

其他同学也有和我俩一样来不及跑出教室的，也都躲藏在课桌下面。那些跑出教室的同学慌不择路，教室下面是一个大的陡坡，陡坡下面是贺铁公路，公路对面就是熊思钦村。他们只想到要往家里跑，跑的时候大多是从陡坡下面滚爬到公路的，许多同学还因此不同程度受伤，但没有死人，实在是不幸中的万幸。

大冶三中就在保安镇上，离家十几里地，我每星期只有周末回家一次，来回都是走路。一次，我从王家铺爬上一辆装满红砖的拖拉机去学校，到学校路口时，拖拉机没停下来，而且越开越快，把我拉过保安镇好远。我趁拖拉机在一个上坡处跑得稍慢点的时候，从上面纵身一跳，整个人倒在了路上，好在没摔伤哪里，手脚擦破了点皮，然后自己再慢慢走回学校。还有一次，星期六放学时搭乘一辆卡车回家，当时车厢里站满了学生，镇里杨井垱子里的张东容同学也在上面。当车子行驶到一条道路拐弯处时，由于车厢里站的人太多，车子拐弯，人也跟着往一边倒，重心严重偏移，就差一点没翻个跟斗。我还记得自己使劲地抓住车厢旁的木板，已经感觉到非常危险了，假若车翻，不摔死也会落得个残废。

我每一个周末去学校时，身上最多带两块钱，这点钱是要用来买纸笔或牙膏等日常用品的。同时，我还要带一个星期的伙食，每次带十来斤米，用一个布袋或编织袋装着，拿到学校寝室里放好。吃饭前，抓一把米放在饭盒里，把米洗干净后，再放到食堂的蒸笼里一起蒸。全班的饭盒都放在一起，饭盒上面用油漆写上每个人的名字。每天都安排有值日学生，要不那么多人，搞不清楚谁是谁的，全乱了套。仅仅有米饭还不行，总得要吃点菜。我哪有多余的钱在食堂买新鲜菜吃呢，只能是从家里带咸菜来。咸菜用玻璃瓶装，实际就是罐头瓶。三五个罐头瓶一提，就是一个星期的全部菜肴了。所谓咸菜，也都是些咸苕叶、咸芥菜、咸萝卜菜、豆豉酱等。稍好点的人家有咸萝卜、豆腐乳或丰收季节炒些新鲜黄豆。遇到潮湿天气，咸菜装在瓶子里几天容易发霉，但不能扔掉，和饭盒一起拿去食堂蒸笼里多蒸几次照吃不误。每每到了星期五，霉咸菜也都吃完了，我们就用辣椒酱或豆豉酱水拌饭，对付着吃一顿。

一天上午，老师正在给同学们上历史课，突然听到教室外面"轰隆"一声巨响。课没上完，老师和同学们全都跑出了教室。只见校外保安镇上空有一股股浓烟翻滚，后来才知道是靠近学校旁边的一个爆竹厂爆炸了。老师和学生全都往出事地点跑，说是去救人。我跑去看时，见到房屋被炸飞。许多同学不忍看，赶紧返回了学校。大约全校所有老师都参加了这次救援。

高二下学期，高考快临近了，大家学习更紧张起来，王访初几个同学发起成立了一个"笨鸟先飞"文学社，我也加入了，但成立不几天就散伙了。

备战高考特别刻苦，但学习成绩老上不去，花时间补英语，数学课又落下了，恶补数学，其他课又跟不上，顾此失彼。除了晚上在煤油灯下补习外，我和王高奎同学还经常晚上跑到学校门口一个砖厂里看书。看守砖厂的老人每天很晚才睡觉，我俩同老人熟了，也经常看到十一二点钟才回宿舍睡觉，第二天在教室听课时却无精打采，得不偿失。

砖厂早已不见，老人也早已作古，王高奎同学又去哪儿了呢？

锄禾日当午

1

那一年，我十七岁。

当时的高考还有预考，预考上了还要复习两三个月。我预考都没考上，所以毕业回家才四月份，刚好是春播时节，该来的和不该来的全都来了，一切都让我猝不及防。

种田第一步是要从犁田学起。犁，即犁铧，农村人叫惯了犁，不叫铧，可能叫铧太文化了。犁田是基础，不会犁田，谈不上是一个地道的农民。犁田的关键是下犁衣。犁衣，是村民普遍用的一个术语，外行的人可能不理解。

衣，即衣服。犁，正如一把剪刀。比喻一整块田，就像是一块完整的布料，用犁去剪裁。第一刀，也就是第一犁下去，绝大多数时候从正中间开始。方的、圆的、长的、扁的什么形状的田都有，这就要考考你的眼力和把握全局的功夫。

塆子里的六爹、四爹、炳煌叔他们一辈子与田地打交道，他们的犁衣开得几乎前后左右不差一犁，犁起田来顺手又顺风。偶尔哪一边或哪一头宽点、窄点，犁田的时候有意把犁刀偏外或内收一点。遇到四方田的拐角处，要在每一处田角，把犁刀提起来九十度角后再去下犁，圆角的田顺着犁刀拐弯即可。当然有晒田的时候，此时犁刀就从田的外围犁起。

并不是所有长年与田地打交道的农民都会开好犁衣，比如二爷友松。塆子的里人都说他一辈子开不好犁衣。不仅如此，种了一辈子田，也不是一个内行的庄稼人。

我什么都不会，一切都得从头开始。

初春的农村，上垄下垄的畈田里，都长满了绿油油的红花草、蓝花草。新塘的畈田里开满了金黄色的油菜花，花儿招惹来了成群的蜜蜂。水塘边的灯芯草正茂密地长在一起，绿油油、直挺挺、一根根地站齐了。下里塘边的一棵棵柳树上的叶子早泛绿了，几棵垂柳的枝条也都吊在了水里。几只黑的、黄的、白的鸭子在水塘里翻着筋斗，飞快地在水面上游动着，"嘎……嘎……"的叫声不断。谁家的稻谷种子已经下到了水田里面，上面还用了一层尼龙薄膜盖住了。一旁的排水沟里几只小的青蛙跳来跳去在觅食，其中仅有拇指头大小的一只青蛙，跳着跳着，自己却仰翻在了泥巴上。小青蛙的后腿不停地踢着，身子不停地扭着，总算艰难地爬了起来，继续跟在了大青蛙后面。

我牵着自己家养的小黄牛，开始了第一次犁田。我在田边架犁架了半天，刚让牛在水田里站稳，还没套上牛轭，小黄牛就不干了。小黄牛尥了我一蹶子后，拉起犁就往公路上跑，我扶着犁把在后面追，拉都拉不住，犁刀还差一点磕在石头上折断。正在我焦急万分时，六爹来了，他说牛通人性，会认生，你驾驭不了它。六爹还教了我很多，我摸索了几次，才慢慢开始犁田。时间长了，村里人都说我犁田比二爷强。

犁田是第一道程序。春天里，把深的土层翻出来晒一晒，增加土壤养分，还因为冬天一些害虫都深埋在地底下，土翻出来后让其无处躲藏，让水淹死，让雪冻死，或让青蛙们把虫子吃掉。

接下来是耙田。耙田技巧少些，主要是把翻出来的泥土耙碎。第三道工序是耖田。耖田不容易，当然，并不是每一个田要耖。耖田是针对那些犁耙以后不平坦的田，把高的泥土往低处聚集，使整块田的泥土平坦。耖田时牛要得力的牛，人要得力的人。我耖田不多，勉强能应付而已。我们村的田地，底层土质硬化还好，不像少峰村外婆家的湖田，西海村姨妈家的烂泥田，无论是犁田，还是耙田、耖田，人和牛都要辛苦几倍。

2

犁田也好，耙田、耖田也罢，知道了技巧和窍门，关键要人去实施。实施过程则异常辛苦。清明前后的水田，还是刺骨的冷。挽起裤腿，深一脚，浅一脚，没有人心疼你。偶尔碰到脚底下有小石子或碎玻璃，会把脚割得血流如注。经常是蚂蟥布满两腿，本来营养就不够，还要吸你的血。

我每天起早贪黑，一身泥一身水。因为早季田抢早插，抢在五一之前把秧苗插下去，晚几天，就会影响稻谷的产量。凌晨四五点钟就要去扯秧苗，人坐在秧马上把秧苗一把一把捆绑在一起，形成一个个秧提，再把秧提集中在篰箕或畚箕里，挑到田里撒开。等到天亮的时候，都已准备好今天要插的全部秧苗。我懒得很，总是会比别人晚起一两个小时，所以我家的田总要插得晚些。

我插秧也不内行，又慢又难成一线。农村妇女最内行，有的比插秧机还整齐。插秧是一件苦差事，是播种秧苗的最后一关。没有机械化作业，得一棵棵地插，急不得。后来想起布袋和尚的一首诗："手把青秧插满田，低头便见水中天。心地清净方为道，退步原来是向前。"觉得禅意无穷，可那时我只觉得万般劳累。村民插秧还有相互突击的情况，今天我家几个人帮你家插，明天你家的人又来帮我，人多力量大，这样才不感觉那么累。整个春播要持续二十天左右。

有人讨论研究，要把丘陵地区高低不一致的田地全部平整，然后重新规划，像切蛋糕一样划成块块，便于机械作业和农田水利灌溉。果真这样，农民就没那么辛苦了。

其实真正累的，要数"双抢"季节。

七月底，苦楝树已经结了好多好多成熟的圆圆的小果子，果子呈黄色，一串串的，吊在了空中。田间地头的荆条树盛开了蓝的、白的小花。刚开完花的夏谷草开始结下青青的果实。还有蓖麻树，花了也谢了，结出了蓝的、红的、青的刺猬一般的圆圆的果子。果子太沉，树枝都被压弯了腰。弯下腰的还有一棵棵青青的狗尾巴草，它们弯得有模有样，有的弯成了整个圆圈，有的弯到了地底下。莲籽塘边的香蒲草结的果子最好看，褐色的坚果长长的，圆圆的，像是村民家中的擀面杖。

放眼望去，垮子周围到处是金黄色，谷粒沉甸甸低下了头。风一吹，谷粒还在不停地摇摆着，像是向人们招手致意。要收割了，农民的喜悦都写在了脸上。但村民不叫收割，叫"开镰"，每家每户会磨刀霍霍，提前把镰刀磨得很锋利。

七八月的天，三伏的天，酷暑的天，太阳大，日头毒，我总穿一件白色棉布衬衫，戴一顶破草帽，弯腰割稻谷时，一弯就是几个小时，没有一丝风，既闷又热还躁。旱田还好些，水田更够呛，弯腰站在水里割，什么时候被蚂蟥叮咬都不知道。

待谷禾割倒在了水田间，等中午的大太阳晒干，越干越好。下午就是收谷禾的时候，把谷禾一点点地集中，再用草荐捆成一捆捆，农村人又叫捆"谷草头"。草荐，是农村人的叫法，即粗壮的草绳。搓草荐，农村又叫打草荐，我一直不会。我的草荐都是从六爹或青山叔家拿的，长辈们都会打这玩意儿，包括他们脚上穿的草鞋也是自己打的，他们还打草饼当凳子坐。捆谷禾要内行，要用全身力气，双手把草荐两头拉紧，然后用膝盖的力量把谷禾挤压紧凑，要捆得结实牢固，不内行就会散掉，后面挑起来就麻烦了。

一担"谷草头"重的过百斤，轻的也有好几十斤。利用尖尖的冲担把"谷草头"从地上抬到肩膀的一瞬间，正如举重运动员，既要有力气，又要讲究技巧，腕力、臂力和腰力同时并用，保持"谷草头"在空中的平衡，双手奋力一举，冲担也就上肩了。"冲担"，也是农村人叫法，像扁担一样，只不过两头是尖尖的铁家伙。年轻小伙挑"谷草头"最上手，力气大些的妇女挑"谷草头"也很得力，这是一件重体力活儿。

割完谷后还要及时"打谷"，也就是北方人说的"打场"，即把谷粒从稻禾中彻底分离出来。分田到户后不像原来在生产队里有大的禾场，大禾场早已变成了田地分给了大家。小禾场很挤，许多人家把割完的稻谷要么放在自家门前暴晒，要么放在村前窄窄的公路上碾压。二哥会使用手扶拖拉机，少部分村民用传统的石磙碾压脱离谷粒，但费时间，大部分人还是用柴油机脱离谷粒。

一天，为抢时间，村民请来了楠竹林村一个亲戚的拖拉机帮忙，因禾场小，就把二哥的机器移在了一边。二哥知道后不服气，好像是抢自己的地盘似的，就跟别人打了一架，打虎亲兄弟，我也去帮忙，打得脸青鼻子肿，第二天睡了一整天，本来又累又抢工，何苦来着？

3

脱离完谷粒，再让谷粒晒干后，实际上家家户户就可以吃上新米饭了。村民说早季稻米最好吃也最养人，因为在栽种管理过程中，没有喷洒任何农药。

六奶年轻时同六爹一样，最会做农活，也最能吃。六奶说话不多，总是一脸的笑，总是端着一个大蓝边碗，米饭在上面堆了又堆，压了又压，足有半斤以上。我家和六奶家是邻居，农村人不叫邻居，叫"隔壁左右"。中午吃饭的时候，大人小孩都不在家里吃，总会跑到我家的屋檐下，趁着太阳还没晒到的庇荫处，蹲着的，站着的，拿块破瓦片临时垫在屁股下面坐着的，边吃饭边聊天，还看谁谁碗里的菜好吃。见各人的菜不一样，于是我在你碗里夹一筷子，你又在我碗里夹一筷子，相互尝一尝。其实大都是些咸菜，也有各家自留地里的新鲜菜，哪有什么鱼肉，偶尔有一碗丝瓜蛋汤喝就不错了。

我有时吃完后放下碗筷，会在墙角底，坐在六爹旁边。六爹会把吃完的空碗也放在地上说："去年的收成不怎么好，今年早稻的亩产量也不算高。现在的农民靠天吃饭，原先的一些水利设施都被破坏了，遇上干旱，梁子湖的水到不了田里。亩产量老上不去的原因，稻种也有问题，多少年了，我们种的还是解放初的种子，这不对。要改良土壤，要引进高产新稻种，这样农民才有盼头。娃儿，做农民很苦，你读的书多，要跳出去，不像我一辈子是种田地的苦命。"

说完话，六爹又从地上拿起了碗。我什么都没说，只是低着头听。六爹像塆子里的许多长辈们一样，一辈子在这个只有几十户人家、不足三百人的小村庄里，天是他们的天，地是他们的地。年复一年，日出而作，日落而息。

吃完新米饭后，还得继续干活。割完早稻，要及时抢种晚稻，犁、耙、耖田一个环节都不能少，直至把晚稻秧苗插进田里才告一段落。最要命的是天气炎热，又要抢时间，懒惰不得，拖延不得。一般农村双抢持续近一个月的时间，这一个月，是村民一年当中最辛苦的日子。

中午的太阳白晃晃地挂在头顶，晒得村旁公路冒白烟，水田里的水冒着白汽。一只肥猪为了给自己降温，倒在了田畦一侧的水沟里滚来滚去。另一条老狗趴在一棵树荫底下眼睛眯缝着，吐着舌头，不停地喘着粗气。不知是谁家的几只老母鸡，热得也不在地上觅食了，躲到了一个土坑口边庇荫。友煌叔菜地里的丝瓜藤上盛开的一串串黄花儿，也被这毒辣的太阳晒得抬不起头来。还因为干旱少雨，后底沟塘本来就长得茂密的水葱，也都倒地枯死了。

我头戴破草帽，身穿了一件稀巴烂的衬衫，挽起袖口，右手拿着牛鞭，捋起裤腿，赤着双脚，踩在耙犁上。牛深一脚浅一脚地在前面走，时不时地尾巴一甩，泥水溅满全身。我低着头，一边吆喝着跟前的牛，一边对牛不停地谩骂。

突然，公路那头走过来一位年轻姑娘，远远望去，太阳底下的一把花伞格外显眼。花伞遮住了她的脸颊，上身粉红色的确良衬衣，宽松的喇叭裤并没有遮住脚底下白色的袜子和黑色的凉鞋。慢慢地，慢慢地，姑娘走近了。在我抬起头的同时，她也抬起了头，相互对视，她认出了我，我也认出了她。柯爱群，老同学，她爸任沼山中学校长，我伯伯任新桥小学校长，我俩一起在新桥小学读了四年书。四年中，我们这些农村孩子，每天像看小公主一样，看着柯爱群。柯爱群今天是去楠竹林村塆子串亲戚的，我知道这种场合见面说话有些尴尬，我更是自惭形秽，不敢正眼去看她，把头偏了过去。她也没说一句话，继续走她的路，带走了夏日里一阵燥热的风，留下的，却是我心里长久不能抹去的嫉妒、伤感、惆怅、迷茫。

六爹的话总在我耳边回响。人和人命运不一样，好的命运需要人去奋斗，也有的靠父母赐予。不好的，像我现在这样，只能是待在家里耕耘劳作。

在"双抢"忙完接下来的田间管理时，一个周末，我把十三四岁正在读书的大妹妹喊着一起去田间薅草。天气实在是太热，妹妹吃不了苦，没在田里待多久就偷偷地跑回了家。我中午忙完回来时生闷气，狠狠地打了妹妹两巴掌，打得她直哭。我边打边说："你们都在家玩，这么热的天，也没人帮我一下，要我一个人在田里干活，打死你。"妹妹吓得哭声更大了。

现在想起来她那么小，真是冤屈了她。好多年过去了，我心里一直在愧疚，是做哥哥的对不起妹妹。

4

忙完田里的活,旱地里的活也有不少。这也是长江中下游农村地区的特点,既有水田又有旱地。旱地里除种植一些油菜、芝麻、花生、棉花等经济作物外,其中主要的一项是种植红苕。苕,又称地瓜,其实是当地方言的叫法,四川、贵州人也这么叫。红苕是农村不可缺少的粮食之一,稻谷小麦收成低,红苕要占全年四分之一的主粮。红苕种植其实很简单,先把头年的苕种储藏在地窖里,种苕的季节再种在地上,等长出茂盛的藤蔓后,把旱地垄沟整理好,在一个下着小雨的天气里,把苕叶藤用剪刀剪下来,一节节插进泥土里就行。红苕生命力极强,产量又高。

种下红苕后还要及时除草,一般用薅锄除草。薅锄是锄头的一种,除此外,还分为条锄、挖锄、板锄等。有时我用手来除草,经常带着一个小板凳和一部收音机,那是花九块钱买的。塆子里没有电视报纸,了解外面的世界,只有靠收音机了。当时单田芳的评书《薛丁山征西》特别流行,听着听着,本来是在除草的,一不小心就会把一棵苕苗给拔了。

有一天，伯父因事去不了学校，叫我去新桥小学代两天课。新桥小学是我的母校，当我走上讲台，望着怯生生一张张稚嫩的小脸蛋时，我有一种回到儿时的感觉。

"老师好！"稚嫩的童音让我感动。我翻开了语文课本，叫孩子们跟我一起朗读："锄禾日当午……"稚嫩的童音响彻整个校园……

家里种棉花不多，偶尔种一两亩，收获后打一两床棉被什么的够家用就行。棉花种植管理期间，很重要的一份活儿，就是要经常给棉苗杀虫，因为棉虫比稻虫要厉害得多。

中午，我穿了一件长袖衬衫，戴着草帽、口罩和手套，身后背了喷雾器，到地里杀棉虫。农作物杀虫剂一般用敌敌畏。敌敌畏一般与水溶解后使用，因容易被皮肤吸收中毒，所以浓度不宜太高，而且中午高温时不应该打药。我当时还不完全了解敌敌畏的性状，只知道跟着大家一起去杀棉虫。

我来到新塘边，喷雾器里的农药还有一大半没用完，正要放下来在塘边洗手洗脚时，背带突然断裂，喷雾器翻了过来，喷口正对着我的背，全部药水倒在了我的背上。我吓得不行，马上跳进塘里冲洗，但水温过高，洗完后身上奇痒。痒得实在受不了，我赶紧跑回家。六爹他们说赶紧去乡卫生院。又赶了几公里山路到了乡卫生院，医生说皮肤轻度中毒，如果敌敌畏浓度再高些就危险了。医生给作了清洗处理，开了药方，我回家后躺了整整一个星期，背上脱掉厚厚几层皮，一两个月后才慢慢恢复过来。

算是命大，逃过了一劫。

叔叔在沼山中学教书，家里也有田地，我们种田种地都在一起。不知是谁告诉我说丛林大队小学招收民办教师。我把这消息告诉了叔叔，他马上带我去丛林塆子里找到大队领导，一问，没这回事。

白跑了半天，回家时已是黄昏，天气还是那么闷热。夏虫的鸣叫声响了起来。水田里青蛙"咕噜咕噜"地叫了起来。蜻蜓一群群地在身边飞过来，飞过去。粗黑狠毒的蚊子开始了它们的吸血行动，一群群地紧跟着牲口和人，疯狂地叮咬。两只小狗子在路的一边，为了争抢不知道是哪里来的一根光秃秃的骨头，相互撕咬着打了起来。

　　家里的小黄牛还没吃草，我赶紧来到牛栏，牵出牛时夜幕已降临。没有月亮，也没有星星，我和牛摸着黑，在新塘塘堤，向有青草的面前山走去。一步步，我在前，牛在后，人和牛被吞没在黑夜里。

冬渔梁子湖

1

我十七岁那年，注定要经历太多的苦难。忙完了田地里的活计，已进入冬季，这正是塆子里每年到梁子湖捕鱼的季节。

梁子湖，是湖北省的一个较大的淡水湖泊，离塆子不足五里地。靠山吃山，靠水吃水，大自然的馈赠，养育着梁子湖方圆几百公里的千万百姓。

我们不是以渔业为生的渔民，一年才捕一次鱼，是拉大网的那一类。早听大人说捕鱼很苦，但家中只有我一个主要劳动力，没办法。如果不去，村民会笑话你。

捕鱼之前要做很多准备工作。先是织鱼网，这是每家每户都要做的，把每家每户织的小网拼起来，就是一张大网了。除了鱼网，还要有渔船。渔船当然是村民们自己造，造船手工艺复杂，但难不倒土生土长的农村木匠们。要说难，就是造船所需的木料，木料要求树龄长，粗壮，材质坚硬，又要有韧性。

离垮子不远处是贺胜桥至铁山省道，道路两旁都是长了几十年的柳树。

一天深夜，我睡得正熟，被一阵急促的敲窗声惊醒。

"翘嘴子，快起来。"听得出来，是二爷家的水平哥在喊我。

我懒洋洋地起床，随便穿了一双破拖鞋，嘟囔了几句厌烦的话。自己老睡不够，这两天刚把地里的苕挖完，一千多斤呢，真累。我走到家门口外面的禾场上，看到许多大人都在那里。水平哥告诉我今晚要去偷树，只要是参加捕鱼的人家，每户都要出一个劳动力。我有些茫然地站在一旁，听友根叔、友文叔、孝盛爹好几个长辈在那里安排分工，布置每人当晚的任务。这个要拿好锯，多拿几把，谁谁要拿好抬树的杠子及纤绳。还说了一些其他注意事项我记不得了。记得最清楚的一句是，如果今晚偷树成功的话，叫在家的婶婶嫂子们也不要睡了，弄点菜，煮点饭或是面条，加个餐，大家辛苦了，算是吃夜宵。这话我爱听，白天吃的除了苕，还是苕。早餐吃蒸苕，中午吃苕片，晚上吃苕丝，吃的菜也是苕叶。吃多了胀气，肚子里又没有一点油水，早饿了。

深夜十一点多钟，天上星星没一颗，黑黢黢的，时不时传来几阵狗叫声。初冬的凉风吹来一股牛屎味，很臭，也冷，我不时打一个寒战。大家散走的时候，我赶紧跑回家，找了件破棉袄裹在身上，还找了双能走远路的布鞋穿在了脚上。

时间不长，大家便悄悄地来到公路旁。尽管周围有些村庄，但农村人天黑就睡了，早没了人影，也没车辆往来，阒然无声。

在选准了两株比较直的大树后，村民们拿来了木锯，分两个组同时干活。锯子又长又大，锯树的时候要两个人一拉一推配合才行。

"吱嘎……吱嘎……吱嘎……"声划破了深夜的宁静。绍和哥说了句："大家轻点，不要搞得动作太大。"

"放你娘的狗屁，要锯树，哪有没响声的?"友文叔开骂起来。

"瘌子儿，你爷个头，来换一换老子。"是友根叔锯久了，累了，想歇一会儿。

都是农村骂人的话，一般是长辈骂晚辈，骂人的人和被骂的人都习惯了，长辈也只是过过嘴瘾。同时换下来的还有清明哥，他刚坐下来，就从口袋里摸出一根廉价香烟，正准备抽时被孝盛爹发现了。"抽什么抽，回家坐到你娘马桶里抽去，狗杂种，嫌声音还不够吵，还要点火让别人看见是不是?"

我感觉得到青山叔的眼珠几乎要冒出来。他平时不怎么讲话，但性格暴躁，经常被大家称作"鼓眼冒睛"的人。看着儿子被骂，狠狠瞪了孝盛爹一眼，但没吱声。

"吱嘎……吱嘎……吱嘎……"的声音还在继续。粗壮的大树锯得差不多了，但不能倒在公路上，有车来往怎么办? 要让树倒在稻田里，冬天的稻田干涸，空闲的人都坐在稻茬上闲聊。

"翘……翘……嘴子，你年……轻……轻，爬到树高的地……方把绳子系上去，下……面的人好往稻田的方向拉……"是友国叔在喊我，他说话有时结巴。

大家一般不骂我，只叫我的外号，可能叫外号就等于骂了。幸好我穿了双好点的布鞋，很快就爬到了树顶。系好绳子后往远处一望，天还是那么黑，远处的大小村庄，偶尔有一两家窗户内闪现出灯火。公路正好在沼山脚下，隐隐约约蜿蜒到尽头，树底下村民们忙碌的身影，像是一个个蠕动的小黑点，显得那么渺小。

我刚下到地上，正准备去帮拉纤绳。"翘嘴子，快跑回家去找六奶她们，看看加餐的事准备得怎么样了？没菜就去找焱华瘌痢儿，捕鱼没他的份，吃东西他最积极，叫他多找几个人，去细德宝塆子的菜园里拔些萝卜、包菜。快去，我们还要锯几棵，搞完就回来了，叫她们放心。"友文叔在喊我。

一路上，我几乎是在慢跑着，只是肚子越来越饿了。回到塆子里走到孝盛爹家，六奶和几个婶婶、大嫂们早就

160

忙乎起来。厨房的电灯不够亮，又点亮了一盏煤油灯。她们个个一边说笑一边做自己的事，切菜的切菜，提水的提水，洗碗的洗碗。米下了锅，灶膛燃了起来，柴草烧得"啪啪"响，火星欢快地起舞，蒸汽升腾，我已经闻到了蒸热的豆豉和腐乳的香味……

因为要造两只船，需要木料多，大家偷了几个晚上才凑够。

2

终于到了下湖的日子，下湖是有讲究的，要择吉日，要放鞭炮，还要敬神。

那天天气好，太阳出来时暖和得很，照得整个垮子都是红的。两只刷了桐油的船，摆放在了村头旱田旁的圪垯上。在阳光照射下，红里透黄，黄澄澄，亮晶晶。崭新的船身显得秀气，透出灵气，伴有桐油漆的香气，如一个刚出生沐浴后的婴儿。船头呈方形，略微向上翘举，船尾稍有收敛。船舱有七八个之多，有的用木板盖住，有的则是为了行船方便空在了那里，中间的几个舱是用来堆放渔网的。船尾还有一个钻了孔的舵舱，隔着舵舱是一个供人住宿的舱。上面有半圆形凸起的篾篷罩得严实，篾篷也刷了桐油，前后有透气的窗口。不仅住人，还存放一些衣被家什及烧饭用的油米等。

船四周围满了人，妇女们有的手里拿着针线活儿，有的站在一旁七嘴八舌。好几个小孩儿还拿着刚煮熟的红苕在吃，苕皮剥得地上到处都是，胸前衣服上，布满了干了又湿湿了又干的鼻涕。不知是谁家的两只小猪儿也跑来凑热闹，"哼哧……哼哧……"地在地上蹿来蹿去，抢吃孩子们丢弃的苕皮和苕蒂。

塆子离湖边还有一段路程，船虽不算特别大，但也有六七百斤，唯一的运输办法是肩扛人抬。村民们先用粗壮的木杠和纤绳在船上绑好，船头和杠子上还扎了红布。二爷友松、绍和哥、青山叔和志红叔等八个强壮劳力排在了船的左右。

一切准备就绪后，禳土酬神自然少不了。孝盛爹拿了半碗谷酒，沿船的四周洒了一遍。没有香烛，他就用几双筷子插在装水的瓷碗里代替。刚开始时，筷子站不住，孝盛爹轻轻地用左手扶住筷子的一端，右手在上面滴了些水。慢慢地，慢慢地放开手，试验了好几次，筷子终于站住了，村民们习惯叫"灵验"。谁家有人病重了，或是占个卜，求个卦什么的，都要做这一套动作，直到筷子放手后站住为止。于是，几个上了年纪的爹爹、爷爷低首沉默，双手合十，算是拜天拜地拜神，祈求一切顺利。

很快，鞭炮声响了起来，绍和哥喊了一声：

"起……"

"起……起……"抬杠的八个大人同时在喊。声音洪亮、亢奋、激荡，把整个小山村都震动了。

船抬起来了，友根叔又喊了一声，"走……"于是大家跟着喊"走……走……"

这阵势，这气魄，我从没见过，像是许多年来从不屈服贫困的村民在大声呐喊。

船从下里塘经下首，才上村头的正路。有时道路不平，高一脚，低一脚，我也跟在后面帮着他们换换肩膀。抬着抬着，大家放慢了脚步，感觉到有点累，友文叔突然唱起了类似打夯的歌来："同志们加加油啦——"

于是，大家跟着喊了起来，"加加油啦——"

我还记得部分歌词：

　　"两边直起腰啦——""哎呀——"

　　"脚板要踏稳啦——""哎呀——"

　　"船到湖上走啦——""哎呀——"

　　"鱼到船上来啦——""哎呀——"

唱着唱着，大家来劲了，走起路来也快多了。几次折腾之后，一个上午的时间，船终于抬到了湖边。

3

我第一次随大人上船，才知道船上还有很多规矩。船头不能随便乱坐，船上不能随意撒尿，早上起来不能说庙堂、和尚、梳子之类的话，因为这里面都与"光"字有关。光，即打不到鱼的意思。吃完半边鱼时，不能说

"翻"过来,要说"顺"过来。船在水里行走过程中,人不能在其中一边乱走动,一边轻一边重,船身失去平衡,很危险。

寒冬腊月天,尽管岸上的水田都已结冰,但越冷的天越要起得早,因为鱼儿都沉在湖底的泥浆里取暖。"到了半夜,把一个从船头伸在水面的铁兜,盛上燃着熊熊烈火的油柴,一面用木棒槌有节奏地敲着船舷各处漂去。身在水中见了火光而来与受了柝声吃惊四窜的鱼类,便在这种情形中触了网,成了渔人的俘虏。"我们与沈从文笔下湖南湘西一带的人捕鱼方式有所不同,也不是利用网捕鱼,而是先把船划向离岸边较远些的水里,撒下渔网。渔网两头各站有一二十人不等,每个人腰间系上一条宽带,宽带上还有铁钩,用铁钩钩住网绳。中间间隔差不多一米远一个人,人往后仰,腰间出力,脚后跟着地,一步一步地往后退着走,边退边拉,急不得。

每次收网时,湖边大部分都是沼泽泥潭,不像想象中如大海般有金色沙滩。村民们穿着膝盖深的水鞋,赤着手,深一脚浅一脚地去捡鱼、拾网。零下十摄氏度左右,像刀片一样的湖风吹打在脸上,像冰霜一样的湖水刺痛在脚上、手上，要多冷就有多冷。

时间长了，除捕鱼外，还要保障正常的生活，先要解决吃饭问题。船是流动的，沿着湖边从鄂城到武昌、咸宁等地，跨越好几个地区、县、市。大米还好说，人到哪就买到哪，难就难在吃菜了。在家出门时，每人最多带几天的咸菜，湖边大都是些偏远乡村，离集镇远。那时刚分田到户不久，不像现在有那么多菜市场，即便离集镇近，也不一定能买到菜。只能是等船靠岸后，花几分几角钱去别人家里买，有时甚至是讨点咸菜吃。当然，捕鱼多的时候我们也会吃上新鲜鱼，但毕竟是少数时候，有时大风大雨天，或是补网晒网的时候，半条鱼都没有。即便有，也舍不得吃，鱼要卖掉换成钱。

我们经常吃不上菜，吃新鲜菜更难。这个时候，绍和哥就讲故事：称曾有一打鱼人家，男的平时喜欢喝两盅。有一天，既没鱼又没菜，他想了一个办法，湖岸边有很多鹅卵石，他就捡了些放到锅里，用油一炒，鹅卵石也就变成了他的下酒菜了。

故事是虚的，现实是真的。

166

4

吃的问题经常解决不了,住的问题接踵而至。湖风大的时候,住在船上特别冷,那么多人两条船根本住不下。所以绝大多数时候,等船靠岸后再到村民家里借宿。我不知道借宿在别人家,是不是还要给点钱什么的,也记不清借宿了多少次。

一天,船靠在涂镇湖边。傍晚时分,大家比平时吃饭早些,太阳还没有完全落下水,霞光洒在湖面,有别样的景致。

在旷野的湖滩上,一个个破衣破裤,有的背着编织袋,有的提着一大包,有的则是抱着一大团,反正都是晚上防寒的棉被棉垫。大家出来一两个月了,本来各家红的、绿的、黄的什么颜色都有,现在已脏得不成样,也分不出是什么色调了。二爷友松的破包袱,用一根木棍撬着,扛在肩上,他一米八几的个头,看上去特别显眼。他那裹在身上的破棉袄,只剩上、下两粒扣子,湖风直往肚子里面吹。二爷左眼眼角上,分明有一堆白白的眼屎,很难看,那是很少洗脸留下的。友根叔躬着本来就有些弯曲的背，提了一盏马灯和晚上用来洗脚的桶，走在了最后面。

我们穿过几片枯黄、稀疏、低矮的芦苇草丛，踩着灰黑泥泞的湖坡，越过干涸裂口的旱田，循着了一条小路，朝着只有十几户人家的村庄走去。我走在了友根叔的前面。

走了近半个小时，大家来到了一个村庄。村头的狗开始"汪汪"地叫，友青老子拿了块石头砸了过去，一边说："狗日的，再叫，老子今天晚上把你偷到船上剥皮下酒吃掉，正好几天没开荤了。"狗是走远了，但叫声越来越大，全村的狗都叫了起来。后来一问，这个村子叫龙王头，隔壁还有两个叫徐家、陈家更小的自然村。

"老乡，我们是湖边打鱼的，晚上船舱……冷，想到你们家里避……避风，借宿一晚，麻烦您老……行个方便。"在一户人家门前，每次都是四爹和几个说话和气的长辈同主人谈。四爹瘦长个头，牙齿有几颗往外龅出，中间的一颗门牙掉了，空洞洞的，关不住风。他同屋主人说话的时候，吐字还有些不清楚。

男主人看上去四十多岁，门槛石墩上坐了三四个年龄

168

不等的小孩儿，正端着碗吃饭。我仔细看了一下，碗里面是茗片粥，粥上面只有几个酸芟头。我心里想，可能比张德宝的老家还穷。他大概看到了四爹身后个个像叫花子一样的我们，没说二话，把孩子们都拉进了屋，把大门"砰"的一声关上了。

"关你爷个头，看你一辈子就是个穷酸相，小心老子哪天收拾你。"绍文老弟看不过眼，翻着眼睛嘟囔了几句。

细个子六爹狠狠地瞪了他一眼，说："伢儿，多嘴。"六爹和长辈们多年捕鱼，经常借宿，吃过太多的闭门羹，早已司空见惯。再说现在是求别人，只能低着头忍耐点。

我们又走了几家，主人要么关门，要么以种种理由搪塞过去。

天黑了下来，狗子还在不停地叫。狗子越叫，大家心里就越发毛。加上天冷，好些人在外面冻得直打哆嗦，塆子里好几个小孩儿，围在旁边看热闹。

"老生我命不该绝逃出家乡，中秋节无情的火灾下降，王家庄的房屋烧得一个精光。实可叹我的员外夫火内把命丧，丢下了我沿门求乞靠人家门框……"三爷友柏不知哪来的兴致，在哼唱楚戏《荞麦馍赶寿》。三爷个头矮小，髭须长，哼唱起来两只晦暗小眼睛眯缝到了一块，牙齿露出来时黄中带黑，明显是被烟熏的。他哼唱的声音不大，大家听了以后，个个吼他，个个恨不得都要踢他两脚，说这个时候还有心思唱戏，找死啊。三爷没再唱了。

正在大家有些绝望时，一位姓王的老乡把我们迎进了屋。

老乡的屋较宽敞，是农村人家的连五间，堂屋空间也大，刚好容得下我们这么多人住下。男主人显得和蔼，脸庞有些黝黑，肩膀厚实，中等身材，是一个地道的庄稼人。女主人始终没出现。

友根叔把马灯点着了，屋内亮堂了许多。所谓的住宿，就是大家打地铺。人人开始忙碌起来，男主人从阁楼上放下来几捆干稻草，解开后把整个堂屋铺满了。我刚把棉垫铺上去，突然闻到一股臭味，原来是绍文老弟刚脱掉鞋袜的脚臭。铜权叔上前踢了他一脚："你这脚真臭，快去洗洗。"铁权叔的鞋袜脱掉后，更臭，大家都在骂。脚臭味弥漫整个堂屋，我赶紧从草铺上爬起来，把大门打开透透

170

气，尽管冷风吹进来，但总比被臭脚味熏着要好得多。

还没等我回到铺位上，一旁的清明哥说身上有点痒，六爹马上反应过来，骂了他一句："你娘个肠，你也不是什么好东西，身上肯定有跳蚤和臭虱。"清明哥嘻嘻地笑了笑。我赶紧把棉被棉垫收起来，边笑着边抱到堂屋的一角去了，墙角上正是挂马灯的位置。男主人还烧了热水给大家洗脚洗脸，但没有人刷牙。村民晚上没有刷牙的习惯，有的人连脚、脸都懒得洗，直接和衣睡下了。我也没带牙具，爬起来到主人家灶台旁的水缸里，掏了半瓢水，在口里"咕咕噜噜"地噗了一下，农村人叫漱口，算是刷牙了。

大家忙了差不多一个小时，屋里总算慢慢安静下来。我也忙完了，时间还早得很，就着马灯的亮光，把一直带在身上的《红楼梦》拿出来看。突然，一个六七岁的小女孩来到我的跟前，她拿着一本一年级的课本，也不懂喊我什么，指着课本上萝卜的图画给我看，问下面的字怎么读，我说这是读"白萝卜"，这是读"胡萝卜"。说完她很快跑进了旁边的房间里去了。

开始大家都没在意，只顾忙去了，现在才发现旁边房间里有个大姑娘，大约是那个小女孩的大姐。我都没看到她什么长相，只听到里面不时传来轻盈的笑声。小女孩在我面前来回跑了几次后，我继续看我的《红楼梦》，直到很晚，我才熄掉马灯睡觉。

第二天一大早，大家就开始笑话我了，说主人家的大闺女看上我了，今晚继续去他们家住。我说扯淡，没看我这个穷样，谁会看得起俺？连结巴的友国叔都笑着说："你这娃不……不懂……事，我看到那姑……娘打开房……房……门望了你好几次，今晚我去给你做……媒。"友文叔也说："千里姻缘，我们用渔网来牵，怕什么，胆子大点，是什么不识好人心？这句话是怎么说的呀？"我笑了笑回答："是狗咬吕洞宾……"说完没再理会他们。

5

我们捕鱼时多时少，少的时候只有几斤，多的时候几百斤。时间长了，捕到鱼的种类特别多。除草鱼、青鱼、鲫鱼、乌鳢、鲶鱼外，还有刀鲚、翘嘴红鲌、青梢红鲌、

172

鳊鱼、红尾鱼、黄颡鱼、花鲈、鳜鱼等淡水湖中名贵的鱼。三黎鱼、季浪鱼等倒是很少捕捞到。刀鱼、鲥鱼现在极少了，营养价值高，市场上售价每公斤过千元，可惜那时候我们全当作普通鱼卖了，还有一些捕捞到的鱼都叫不出名来。

涂家垱湖岸上的芦苇草长得一人多高，白茫茫一大片几乎望不到边，风一吹，枯黄的草儿摇曳着。我们这一群人拉屎撒尿总少不了往里面跑。中午，我们正在湖岸拉网，差不多快收网的时候，突然，不知是什么东西在网内搅动了一下，响声很大，湖水直翻，把安静拉网的人全部惊醒了。

"拉到一条大鱼了。""是不是拉到什么怪物了?""赶紧用力拉呀……"大家七嘴八舌地喊起来，整个湖滩热闹了起来，原来只是腰间用力的，现在一个个用双手在拼命拉。

还没等大家的眼光从水里收回来，只见一条黑影"嗖"地一下划破水面，湖水两边分开，分开时水又形成巨浪。

"大……大……鱼!"友国叔喊的声音特别大。

大家都在喊:"孝盛爹,快把船划过来。"

"喊什么喊,你快去把另一只船划过来。"六爹对细和哥说。

由于渔网还在水里,一时拉不到岸边,大鱼很有可能跳出网跑掉。水还很深,人又下不去,只能把船划过来,把水上的渔网提起来,尽量挡住大鱼跳逃。

孝盛爹的船停在老远处,他正做午饭呢,被大家的叫声吵得不耐烦,赶紧放下手中的活计,抄起桨划了过来,细和哥的船紧随其后。

"孝盛爹,快点,快点,你总是慢。"清明哥急切地喊道。

"喊你爷个狗肠子,像催命鬼似的。"孝盛爹心里也急,又是一个人在划,已经很用力了,船还是快不起来。

正在大家心急之时,大鱼突然从水底腾空跃起,足有两米多高,鱼身有一米多长,黑黑的背,白白的肚,亮晶晶的鳞。鱼鳞在阳光照射下,熠熠发光。大鱼在空中停留不到一秒的时间，背鳍、胸鳍等全部张开，尾巴摆动了一下，然后，来一个一百八十度急转弯，直直地，"哗啦"一声，又没入到了水里。

真像是一个动人的舞者，美丽绽放，惊世骇俗。

空气在凝固，所有人的眼睛，直勾勾地看着舞者，看着她的完美展现。

几秒钟后，岸上的人炸开了窝。

"是青鱼。"

"不，是草鱼。"

"青鱼、草鱼有什么区别？"

"这条鱼有五十斤重。"

"不，是八十斤。"

"一百斤。"

"不信咱们就打赌。"

"打赌就打赌。"

"我长这么大都没有看到这么大的鱼。"

"你算老几，给老子提尿壶都不够格，老子过的桥比你走的路还多，吃的盐比你吃的米还多，老子一辈子都没看到这么大的鱼。"

大家相互争执不休，吵闹不止，谩骂不断。

友国叔说话笨拙些，说不过别人，气得眼球往外翻，脖子上的血管都冒了出来，红红的，偾张得厉害。靠近水边拉网的二爷友松同样激动，他放下了手中的网钩，穿着雨鞋，去水里试探了好几次，看到水深又退回来，他恨不得马上把大鱼抓起来。

网还不能及时拉上岸，水还深，大鱼还在网内，幸好刚才鱼是直着往上跳，如果是横向跨越渔网跳，早就逃走了。孝盛爹和细和哥的船已经靠近渔网。

"把船横起来，把网提起来，快点!"岸上的人急得拼命喊叫。

大家一边争吵一边用力拉网，网离岸边近了些，细和哥把网挂在了船头。他突然说了一声："看到了，看到大鱼在水里游了，好大。"

"抓起来。"

"抓住它。"岸上的人又喊起来。

"喊什么喊！"细和哥说着跑到船后面，看到船边的溜水槽里，放了一把渔叉，他捏在手上走到了船头。

"打死它，打死它，不许它跑了。"岸上的喊声没有停息。

细和哥眼睛都绿了，大鱼在水里时隐时现。待鱼刚游到船头时，他用力一叉下去，扑了空。鱼再次游回来时，又一叉，又扑了空，大鱼游的速度比他出叉速度要快。细和哥由于用力过猛，船有些晃动，他的身子歪了几歪，趔趔趄趄歪倒在了船板上，膝盖上的裤子磕破了一个大窟窿，肉也蹭破了皮，还差一点没歪进水里。孝盛爹在一旁提醒他："慢点，慢点。"

短暂又漫长的等待，岸边也安静了，大家的注意力，全都集中在大鱼在水里出没的时间和方向上。细和哥在船头来回走了几步，一只手把破旧的袖管往上捋了又捋，把破窟窿的裤脚挽了又挽，另一只手紧握渔叉，眼睛睁得比先前更大了。吃了一次亏后，他变得聪明起来，当他再一次看到了鱼接近船头时，提前把渔叉甩了出去，不偏不倚，渔叉插在了鱼背脊上，鲜血染红的湖水。

"插中了，插中了。"岸边的人又喊了起来。

细和哥高兴得直骂："妈的，看你往哪里跑？"

鱼没有死，在水里翻起一个个大浪，大概是刺痛了身子，背脊拖着渔叉还在往前游，只是速度远不如以前那么快，身体的敏捷性也减弱了。大家看它的模样也越来越清楚了，正如看到一个英勇的战士，虽身负重伤，仍不屈不挠，继续前行。

孝盛爹又从另一条船上拿来渔叉交到细和哥手里，细和哥这次轻而易举地再一次插中大鱼，鲜血又一次染红湖水。鱼在水里翻滚了几次后，停了下来。

二十多分钟后收网，大鱼被几个人抬到了岸上，大家围着它品头论尾。渔叉早被拔了出来，被渔叉戳进去的几个窟窿还在流血。鱼的眼睛睁着，仰视世人。嘴巴一张一合，身子沾满了湖沙，还偶尔抽动一下，抽动时尾巴不停地摇摆，摆得湖沙两边飞溅。

没有人知道它的挣扎与痛苦，没有人再去称它有多重。它的后半身光泽发亮，新鲜、肥美的肉，诱惑着每一个人。每个人都兴奋着，欢呼着。

捕完鱼后，大家商量了好久，最终考虑到大鱼难卖，还是留着自己吃。

当傍晚夕阳的余晖再一次散落在渔船上，当梁子湖湖面的渔火慢慢点亮时，鼎罐里鱼鲜飘香的味道，弥漫在湖滩，久久不能散去。

大家大快朵颐，大鱼吃了三天才吃完。

6

时间长了，我学会了划船。虽然没有长辈们内行，但学会是必须的。

早晨，整个湖面安静得很，湖边水面上还结了一层薄薄的冰，手脚一碰，碎了。除了我们的船外，还有好几艘渔船也停在了同一个湖汊上。大家随便吃了点稀粥后，渔船开始从梁子岛向五里界镇的湖边划去。起先是清明哥在划，后来我说我来练练桨，清明哥还教了我要注意的细节。划船要用巧力，所谓"四两拨千斤"，就是这个道理。接过桨，信心倍增，借着风力，慢慢提升船速，当划船的力度与船行速度保持一致后，手脚合拍，节奏一致，也就做到了人船合一，人也就轻松了。

船速较快，突然，刮起了东风，正在船舱休息的孝盛爹突然说了一句："快扯篷。"于是，大家竖桅杆的竖桅杆，扯船帆的扯船帆。要不了多长时间，风帆扯了起来，船速更快了起来。此时，已经不用人划船，船后面有一个掌舵的人就行了。

捕鱼这么久了，我还是第一次见到扯篷，知道了什么叫一帆风顺，心中有说不出的高兴。放开船桨，站立船头，张开双臂，东风劲吹，让年轻的心儿放飞。

远处的天边，雾霭茫茫。山水相连处，影影绰绰，温煦的阳光把湖水照射得粼粼抖颤。船两边，经常有菱角草和不知名的湖草漂浮着，小鱼儿不时从水上跃起，有时还跃在了浮草上。与我们一样，别的船帆也都扯了起来，整个湖面好看极了，橘黄色、橙红色、米白色、棕褐色的帆，与深蓝色的湖水辉耀映衬。时不时有野鸭沿着水面"扑通……扑通……"飞起，把映衬的一张张美丽图画撕碎，撕碎后又有新的图画形成。

船在继续前行，疾驰如风，劈波斩浪，浪花四溅。我想起了毛泽东的词句："到中流击水，浪遏飞舟?""问苍茫大地，谁主沉浮?"当时，我只不过是一个不谙世事的懵懂少年，不理解毛泽东当年的壮志情怀。

捕鱼并非总是顺利。除了经常捕不到鱼外，还要防止当地渔政部门阻止封杀。渔政部门经常有巡逻船游弋在湖上，以封湖或其他名义禁止捕鱼。大家都是普通村民，封湖的意识也没那么强，只知道捕完这个冬季的鱼好回家过年。后来才听说，北方捕鱼的网口都是六寸那么大，只捕三年以上的大鱼，做到"杀而不绝"。可惜我们做不到，我们的网口小，大鱼小鱼一把捞。

好几次了，一看到渔政船过来，大家到处躲藏。有一次，渔网都下到水里，渔政船已经来到了眼前，躲闪不及，在水深处，他们用刀子直接把渔网割去了一百多米，大家心痛得不得了。

渔网是大家的命根子，是村民们用血汗钱换来的。

渔网少了一大截，捕鱼的范围缩小了，每天捕的鱼越来越少了，日子一天一天难过起来。现在还是冬月，腊月都还没到，有人提议回家，长辈们都不同意。一年到头，靠种田地的收入没有任何盼头，许多村民过年一家人老的小的新衣裳，来年田地的化肥农药，房屋维修重建，娶媳妇嫁姑娘等大凡小事，都指望这一年一度的冬季里了。

怎么样也要坚持到腊月底。大家一天一天熬着，饱一餐，饿一顿，三天打鱼两天晒网，个个消极疲惫，人人满腹牢骚，心中好像窝了一把火。

又熬过了一些日子。一天，我们来到一个叫王太和的湖边打鱼，渔网快拉到一半了，不远处渔政船又靠近了。

很快，在渔政船机器的轰鸣声中，站出来好几个穿着像模像样的人。其中一个中年高个子的男人，脸上还有块指头长的疤痕，疤痕印在铁青的脸上，显得格外红肿。看得出来是曾经的刀伤留下的，我怀疑是不是渔政请来的打手。他手里拿着一条粗壮的竹竿，竹竿前头套了一把弯弯的刀，正要把弯刀伸进水里割网时，被细和哥一把抓住了。

"同志，别……别……有话好说，有话好……说。"细和哥哀求着同刀疤脸说话。

但哀求声没有打动他，只听他喊了一声："放开!"把细和哥吓了一跳，抓竹竿的手也松了。

刀疤脸又一次把弯刀伸向了渔网。这次是清明哥先抓住了竹竿，等细和哥刚反应过来，也赶紧伸手再次抓住竹竿。刀疤脸用力拉了一下，竹竿上滑，弯刀碰到了细和哥的手指头，鲜血流了出来。但细和哥还是没放手，刀疤脸再也不敢用力拉了。

我站在一旁，没见过这阵势，有些怕。我想起了前不久捕大鱼时的情景，想起鲜血染红了的湖水，想起了达尔文《进化论》中的"弱肉强食"，想起了"大鱼吃小鱼，小鱼吃虾米"这句古话。

船上一个当官模样的人说话了："你们想干什么?"

友文叔满脸堆笑，仰望着他，细声地说："领导，没……没什么，还请你们高……高抬贵手。"

说着他和几个长辈爬上了渔政船。友根叔上前递了一支圆球牌香烟给其中的一位，那人看都没看一眼，用手挡开了。

一边挡一边厉声说："封湖期间，打鱼……罚款……"

他说了一大串，我记不清了。友文叔、孝盛爹他们依然满脸堆笑，点着头，哈着腰。"那是……那是……"友根叔的腰哈得比别人还要弯一些。

"罚款五百块！"挡烟那人又一次厉声说，声音比以前更大。

五百块钱对于我们来说数目太大，当时捕的鱼只不过几毛钱一斤，我们这几十号人，一个冬季所获大概也就这个数。大家支吾了半天，四爹一直不敢吱声，踅到了后面站着。

最后，孝盛爹从他那沾满油污的口袋内，掏出破旧零碎的十元、五元、贰元和几角面值不等共五十元钱。依旧是满脸堆笑，依旧是点头哈腰，毕恭毕敬地递给挡烟那人，说:"领导,我们都是乡下人,出来不容易,没打几条鱼,好多事不懂,有错就改,有错就改。就这点钱,给领导买点烟抽。"

说完,孝盛爹再一次翻了翻满是油污的空口袋,还顺手抹了一下乌黑的鼻涕,说:"我们真的没您说的那么多……真的没有……"孝盛爹的说话声里掺杂着哭诉声和哀求声。

也许是看到这群人的寒酸与可怜,一时慈悲,挡烟那人看了看大家,又望了望刀疤脸说:"钱我们收下,以后再见到你们就不客气了。"

机帆船在"轰隆隆"的响声中离开了,总算逃过一劫。但还没等我们缓过气来,一个星期后的下午,我们在另一个湖汊捕鱼时,渔网刚放下水,渔政船就跟了上来,大家都来不及去抢救,被他们再一次割去一百多米长。

这一天,每个人都在绝望叹气的同时,也都在悲愤地骂娘,骂渔政,一直骂到天黑。

后来我才知道,这是垮子里最后一年集体拉网捕鱼了。渔政的人不仅割去了大家捕鱼的家产,割去的还有全德宝塆子里的村民与梁子湖千百年来的一份情结。

7

离春节还有一个多月，大家只好提前返家。

傍晚，我们从西家海湖边上了岸。姨妈家正住在湖边，我提了分得的两三斤小鱼，直往姨妈家走去。进门时，姨妈和表妹亚萍都在，我的到来，让她们有些惊喜。

姨妈一直就疼爱我，就像疼爱自己的儿子一样。一阵寒暄之后，她俩开始忙碌起来，把珍藏的腊肉、鸡蛋、面条都拿出来招待我。

自己身上太脏，不好意思地打了盆温热水，顺便去屋内洗了把脸。洗脸时，在镜子前面一照，吓了一跳。头发发黄，还鬈曲着，头发上满是草屑。原来白白的脸蛋经湖风吹了三个多月后，满是黄斑黑点。嘴唇也好像更翘了，还不到二十岁的小伙，好像苍老了许多。

洗完脸坐到灶膛前，正想往灶膛里面添柴，刚从井里挑完水回来的亚萍表妹说："老表，你的鞋子破了一个洞。"

我"嘿嘿……"笑了两声，把鞋子干脆脱了下来，往地上一敲，细细的湖沙掉了下来。袜子也开了眼，两个脚指头露了出来，我又"嘿嘿……"笑了两声，表妹也在笑。

她说再看看我的手，我不好意思伸出手掌，皲裂立现，沿着裂痕是一条条黑黑的印子，那是长时间没有洗掉的污垢，都是冰冷的湖水泡的，刺骨的寒风割的。

表妹看后唏嘘不已，我赶紧把手缩了回来，继续往灶膛里添柴，边说："没事啦！没事啦！"

姨妈也都看到了，老人家差不多要掉下眼泪来，满脸愁容地说："可怜的孩子，你这是在遭罪，你本应该还去读书参加高考的，考不上再复读一两年，现在的孩子都这样，哪有一次就考中的……以后，这孩子怎么办呢？"

姨妈还说了许多，我已经无心去听。一个冬天的经历，让我的神经末梢有些迟钝。粗糙的现实在一点点地磨削我的棱角，在我简单的头脑里，不再有太多的幻想，也没有打算怎样的未来，我现在需要的是足够的营养和充足的睡眠。

腊肉和荷包蛋的香味在刺激着我的胃……

吃得很饱以后，姨妈和表妹留我在她们家住一个晚上，但身上实在太脏，多少天没有洗澡，我都忘记了，我必须回家。

天完全黑了下来，伸手不见五指。我背着脏兮兮的行囊，踩在窄窄的田埂上，孤单地没入深冬的寒风里。

放 下 牛 鞭

1

金秋十月，收获的节季。

岱山、面前山、后底沟山上的柴草展现出一片诱人的秋色。一棵大点的枫树，满身被红叶包裹着，叶子红得耀眼，被人称作是岱山上的一抹红。几株野山茶，一个劲地盛开着红的、白的、黄的花蕾，更是惹人喜爱。石头山上呈现出了每年少有的一片白色，那是人们趁着天气好，太阳大，在石头山上晒苔片子呢。村民刚收割完晚稻，山脚下的禾场里堆了好多个草垛，孩子们在一旁玩耍，牛儿在下面休憩。草垛杂乱地堆放着，在阳光的辉映下，像是一个个散落的蒙古包，为贫困的乡村增添了靓丽的风景。

大家没日没夜地忙啊，屋基林的黄土地里都在抢收红苕。许多家庭男女老少齐上阵，女人带着大点的孩子们，挖的，剪的，捡的，都往箩筐里面装，苕叶用绳子捆绑起来。男人还在赶着牛犁地，犁着犁着，没挖干净的红苕又被犁了出来。其中一个五六岁的小孩儿跟在了男人屁股后面拾捡，将捡到的红苕丢在了一旁的箩筐里面。

我也在另一头犁地，犁完地好早点把麦子种下去。我正一个劲地吆喝着牛往前走呢，"补套鞋"的绍焱哥挑了一担带着泥土的红苕，走到我面前停下来说："'翘嘴子'老弟，听说要征兵了，我们大队今年有当兵的指标。"

我带着感激的目光望了他一眼，喝住正往前走的牛，右手拿着牛鞭说："是吧，我还真不知道，感谢大哥，我要是真能当兵了，明天就去你家补双套鞋。"说完我俩都笑了起来。

我真的决定要去当兵了。

垮子里的人大都沿袭祖辈留下的遗训：好男不当兵，好马不出栏。从我记事的时候起，一个是四清的二爷当过兵，另一个是我大哥，轮到我还是第三个。可能还有一个原因，上了年纪的人都了解打日本、解放全中国以及抗美援朝等战争，自然明白"古来征战几人回"的含意。我家兄弟多，不怕死，当兵也是一种活法。

当然，当兵并不是你想去就能去的，首先你得过考兵这一关。考兵之前先要初检，就像我当年高考还有预考一样。初检当天，我和四清两个一起去到沼山公社卫生院。四清晚我一辈，少年叔侄如弟兄，平时我俩玩在一起，他是否体检合格我忘记了。轮到我体检时，其他各项体征指标正常，就是有鼻炎。我对医生说这些天家里建房子，老睡在外面的帐篷里，感冒了，不是鼻炎，医生不相信我的话。

我垂头丧气回家睡了一整天，这真要是当不上兵，还得继续在家里犁田犁地、砍柴挑谷，打鱼掏粪。一想到这些，心里总是不舒服，多少有些闹情绪，一天没怎么吃饭。妈妈是一个很现实的人，一直对我去不去当兵无所谓，反正家里正缺劳动力，巴不得我去不成。

西海塆子的细姨妈来到家里，知道我的情况后，一方面做妈妈的工作，一方面不停地安慰我。说初检没用，要我参加正式体检。姨妈来到丛林大队部，找到当时负责征兵工作的民兵连长张子营。张连长是细德宝塆子的人，既碍于面子，又讲乡里乡亲情分，他答应让我参加正式体检。

十多天后，在太和公社人民医院体检，四清还是陪我去。同去的还有丛林塆子的春华大哥。他在沼山公社中学读完高中，和我一样高考落榜。今天，春华大哥肩膀上扛了一条扁担，扁担的一头还系了一根绳子。他说家里母亲长年生病，缺劳动力，大人也不同意他去当兵，这次是自己偷偷跑出来的。我俩叹了叹气，大有同病相怜的感觉。我还摸了摸他的扁担说："今天我俩能参加体检已经不错了，听天由命吧，老兄！"

春华大哥点了点头："那是，那是。"

没想到的是，我体检时体征指标居然全部合格。春华大哥的体检也合格了。

2

穿上新军装那天，我首先来到保安的同学家里走走，算是告别。如意老弟带着我去了祝太平、祝如鹏等同学家里面。他们看到我时，不认为我是一个新兵，反倒说我是刚退伍的老兵。走出校门一年多，在家种田、捕鱼、砍柴等劳动艰辛，使我这个才十八岁的小伙子，一下子苍老了许多。

回到垮子里，好多人家还要请我吃饭。四奶家为我煮了两碗面条，碗里面全是存放了好长时间的腊肉。然而，我发现了他们家没任何人吃一点点，所以我都不忍心吃一口。二婶家请我吃面条时，没钱买肉，听说要为我宰一只正在生鸡蛋的老母鸡，但我始终躲藏着找着借口没有去吃。还有许多村民，送来了一把面条、二两红糖、两斤黄豆等家珍食品。五奶她老人家用粗布围裙兜着十几个新鲜鸡蛋来到我家，一脸的笑容，对我妈妈说是刚从鸡窝里掏出来的，让我补补身子。我感激涕零。

我的心情总是不能平静。下午，我一个人来到了岱山山顶，这里是我放牛的地方，更是我度过快乐童年的地方。茂密的松树，葱葱郁郁。斜坡的绿地，芳草萋萋。我站在一块巨大的石头上，向远处眺望。正前面就是山顶的一个铁塔，高二三十米的样子，也不知道是什么部门什么年代建造成的，有的人说是为了给飞机引航的，后来又改作了通信设备的一个塔架。铁塔成为家乡，准确地说，是自己塆子的一个地标性建筑。

沿着铁塔往前看，沼山山脉连绵起伏。右侧，贺铁公路像是一条熠熠发光的彩带，把金牛、太和、沼山和保安等乡镇沿途各个村庄，像串联美丽的珍珠一样全都拾掇在了自己身上。转过身来，雾霭迷漫，烟波荡漾，水天相连处，正是梁子湖。我从小在湖边生长，在这里留有欢笑，留有悲伤，历经磨砺。

感谢故乡，感谢生我养我的山山水水，感谢疼我爱我的父老乡亲。

北极星、北斗星、牛郎织女星，都是我儿时熟悉的伙伴，一到晚上她们全都跑了出来。她们眨巴着眼睛对我微笑着。岱山上传来了夜莺的鸣叫，清晰明亮，婉转动听。就连塆子夜狗的叫声，也不再那么可怕，反而感觉到了亲切。偶尔还有一声猫咪的叫声，同样感觉到了亲昵。

六爹、二爷友松、友国叔、友亮叔、青山叔、友林叔、熊嫂、王婶等塆子里的爹奶叔嫂、伯爷婶娘、兄弟姐妹们，借着月光，拐过好多个墙角旮旯，踏过好几处青石板的路坎，全都来到家里为我送行。

我和妈妈、妹妹几个忙碌不停，搬板凳，倒茶水，偶尔递上一支廉价的香烟。望着这些熟悉的身影，看着每个人脸上洋溢着的笑容，我感动不已。

我深深地知道这是爷爷奶奶对一个孙子、叔婶伯娘对一个儿子即将出远门的一份关爱、呵护。一年多来，我与乡亲们一起捕鱼晒网，一起种田耕地，一起割谷插秧，一起砍柴放牛，一起同甘共苦，自然有了一份情，一份爱。

我也更多地了解了他们，就像是泰戈尔笔下的父老乡亲："他们的瘦削、伛偻、皮肤松弛多皱的躯体，包裹着一颗纯洁、单纯、善良的心。"

家里越来越热闹，屋子里挤满了人。亲戚，儿时的伙伴，初高中的同学也都赶来了，有的送了我几块钱，有的送了笔记本。国华叔、绍焱哥、"瘪嘴子"水平哥、"塌鼻子"春分、"缠不得"五米、"大瘌子"志明、"懒蛇"绍文和卫军、四清等都来了。他们不怎么说话，有的坐着，更多的人站在了大门口，个个心里都很难受的样子。志明老弟的眼睛都红了，他对我说了句："明天早晨，我把你们家的牛一起牵到岱山去放，你放心走好了。"我感激地伸开双手把他拥抱了一下，眼泪差一点没控制住掉下来。

很快，奶奶、姨妈、妈妈，还有二婶她们个个哭泣不止，好像我就是将要出嫁的大姑娘。

"儿啊，我那苦命的儿啊，你到部队去，要听领导的话，不要牵挂家里……"这是二婶的哭声，比我妈哭的声音还大。

"孙儿啊，你这两年在家吃了不少苦，明天抬脚一走，我以后到哪去叫人帮我挑水呀。孙儿啊，苦尽甘来啦……"这是奶奶的哭声。

农村妇女有的很会哭，像唱歌一样，哭腔里有一个固定的调子，调子可以反反复复。当然，更会哭的人，会把调子的长短缓急控制得很好，再加上语句的押韵就更好听了。

友根叔、友文叔、志红叔和焱华哥还带来了"牌子锣"欢送我。

哭声响了起来，锣鼓敲了起来，唢呐吹了起来。

深夜，由于过度兴奋、激动，我失眠了，这是我长这么大以来从来没有过的事。我老是想到自己当兵以后，妈妈一个人在家，弟弟妹妹又小，十多亩田地没人种怎么办？我又想起了友来叔家的细心妹妹。我刚毕业回家时，同学送给我一本《民间爱情故事选》，她来我家借了几次，但是书早被别人借去了，一直没有还回，让她失望了……

3

中午饭后，村头路旁的排水沟里，一群鸭子在水里翻滚、打闹、嬉戏。谁家菜地里的一个稻草人，面朝村口的大路，头上戴了顶破草帽，脖子上系了一块红布条，在微风的吹动下，红布条舞动着，同样是在为我送行。一棵大点的杨树下面，系着我家的那头小黄牛。是不是大瘌子志明老弟故意系在这里的，我不知道。小黄牛呆滞的双眼望着穿了一身军装和胸前佩戴有大红花的我。牛儿显然认出我来了，昂起头，张开嘴巴"哞……"了一声，好像是要跟我说话。我走上前去把牛头抱住了，双手抚摸着它的脸颊、牛角、鼻子和眼睛。小黄牛伸出了长长的舌头舔我的手掌，我把脸也凑近了过去，舌头舔过后感觉特别的舒坦。我站起来要离开时，牛儿的眼睛湿润了。我想起六爹的一句话，牛是通人性的。

村头站满了父老乡亲、亲戚朋友、同学伙伴。他们有的向我挥手，有的默默注视，有的在喊我的乳名。丛林塆子的张春华大哥、细德宝塆子的雄安老弟也都当了兵，他俩也都来到了村头。大队和塆子里安排了两套锣鼓欢送，在锣鼓和鞭炮的喧闹声中，我一步一回头。姨妈她们还在边送我边哭泣。直到此时，我真的有些控制不住自己，泪水悄然而下。

我真的要离开家乡了，有太多的难以割舍。

我两岁随母亲改嫁，辗转来到德宝塆子，如今已在这里生活了十六年。十六年来，我在逆境中生存，在磨难中成长。

屋漏偏遭连夜雨

又忙碌了一天，弟弟从湖北老家打来电话，说是塆子里修水泥路时，由于自家房屋的排水沟没处理好，这些天春雨绵绵，导致房屋长期浸水，墙角溃烂，已成危房，年过古稀的妈妈再也不能住下去了。

接完电话后，我好多天都把自己关在家里不出门，心里憋得慌，思绪乱得很。

建一个好房子，是一个农民尽毕生精力要完成的事业。

房子是伯父遗留下来的。20 世纪 80 年代初，房子只建了一半。1983 年，我在家务农，开始建房子的另一半。

我家在背里塘后面有一块旱田。伯父计划年底要盖房子，所以晚稻也不种了，就提前把田里的水排干，让太阳把田泥晒到一定硬度。很快进入秋节，我就开始用牛拉着石磙，在旱田里不停地来回碾压。刚开始，我还不怎么会，六爹经常来教我。不仅仅是碾压，还要洒水，洒完水后继续碾压。就好像是把一整块田，当作是一个大盆或大锅，泥土就是面粉，石磙就是擀面杖，待泥土挤压紧凑均匀就可以制砖了。制作土砖是盖房子的第一步。紧接着，用专门划砖的钉耙在田里划线，再用切泥土的铁锹，沿着划好的线一块一块地切割，像切豆腐块或蛋糕一样。最后，从泥底下切，把整块砖翻出来，让太阳晒干，砖也就制成了。整个制砖过程将持续一两个月才能完成。

土砖做了屋子的内墙。墙砌到一定高度时，砌匠师傅便单独站在高墙上——不像现在城里盖楼时有脚手架什么的，所以还要甩砖。农村青壮年有不服输的性格，什么事都要去争强好胜，一块土砖有十多公斤重，大家凑在一起，就会比试比试。墙面最高时有十多米，谁的力气大，谁就会把砖甩得又稳又准，这个人也就会受到大家的尊敬。

屋子外墙用的是红砖，这在当时的农村，已经是比较好的房屋了。红砖和瓦是要拿钱去买的。

我家人多，伯父要建一栋连五间才住得下。光有砖瓦不行，还得有不少的木料。垮子里许多人家建房屋所用木材，都会跑到远在一百公里外的咸宁通山、通城等地，去买或拿稻谷大米去换回。买和换是第一步，那么远的路还要运输。没有钱，更没有车子，运输时村民或用板车拉，或肩挑人扛，都是徒步来回，每一次要好几天或半个月才能把木料挑扛回来。比如说我小时候就见到过四爹、六爹他们用板车拉木材时的情景。经多次积累，或用好几年的时间，才慢慢把整个房屋的木料凑齐。可见当时农村建一个房屋，有多么艰难。

我家没劳动力，不可能去挑去扛，只能用钱去买。由于一次性又拿不出那么多钱，只能是平时有点余钱，就买一点木材。

我读初中时经常下午放学，伯父就会叫我一起从新桥经沼山中学来到供销社。供销社后面的大院里，总是堆满了大小不一的杉木。伯父挑选完后，交完钱，还要用电锯等加工，加工好后我和伯父一起扛着回家。就这样，一次一次地，一点一点地，也花了几年时间才凑齐木料。

剩下只差人工了。那年月人工不要钱，每家盖房屋等大事情，全村老少都会相互帮忙。虽说不要钱，但还得管饭，还要给点烟抽，喝点酒，这是最低要求。话是这么说，多的时候每天帮忙的有好几十人，吃饭也不是一件容易的事。如果搁在这些年，由于工钱越来越涨，最普通的一个泥瓦工每天都是一百五十元钱以上。所以，志明老弟及战友雄安老弟家盖房子，他们为了省工钱，从不请人，一家两三口人，每天砌几块砖，每天添几片瓦，两三个月或更长的时间，也就把几间平房或两三层的楼房盖起来了。

因为没钱，伯父只好到处去借。有一天，伯父实在没办法了，便坐车到几十公里外的二哥那里看能否找到点钱。二哥当时在公友镇修理钟表。

为建房屋，伯父欠下一身债务，债务跟随他老人家直到晚年。又过了些年头，改革的春风吹到了农村，建这座房屋时还是娃娃的细霞妹妹长大了。她走出去打工，用几年时间辛苦赚来的钱，慢慢才把债务偿还清楚。

伯父老了，房屋也成了老屋。记不清多少年后我又一次回家，看到农村又有了些变化，垮子里好多人家都建起了楼房。但我们家的房子已经陈旧。一次下大雨，屋子里到处漏水，实在没办法，全家人只好用大桶小桶、大盆小盆去接水。我不忍心他们受这样的苦，返回城里后，给家里寄了两千元钱，换了房顶的木料和瓦面，才使房子得以修复。

房屋也见证着我们一家人的历史。我最早从这里走出去当了兵，接着是两个妹妹从这里出嫁，弟弟和二哥也都从这里走到城里参加了工作。1998 年，伯父去世。2004年，大哥也因病离开了我们。唯一剩下的是妈妈，长年孤苦一人，守住这间老屋。

每次我在外面跟哥哥弟弟打电话时，都要求老人家不要一个人在家里待了，儿女这么多，随便到哪家住都行。可是她坚决不同意，说这么大年纪了，哪也不去，住在这间老屋里多年了，习惯了。老人说话很朴实，也是真心话。

房屋承载了伯父一生的梦想。我亲历了盖起这座房屋的艰辛。弟弟、妹妹没有这种经历，哥哥也没有。他们对房屋没有太深的感情，他们也没有去珍惜。在垮子里硬化道路时，他们不动脑子，应付了事，连房屋墙边的排水沟都不修，大水一冲，小水一洗，冲洗掉的是伯父一辈子的心血。

作家夏衍在《旧家的火葬》中写道："随着一栋老屋的烧毁，一段沉重的历史就此灰飞烟灭。"而我家这座老屋的窳败，伯父为之付出的一辈子心血，也将烟消云散。

我接到电话时就蒙了，房子成了危房，这下怎么办？我们兄弟姊妹几个，能够躲藏在各自的小家里安稳度日，但却苦了母亲，老人家一辈子养育了八个儿女，操劳了一辈子，到老了，却落得个上无片瓦、下无立足的处境，我又于心何安？

第二天天亮，我便打电话与哥哥弟弟商量，哪怕是继续像伯父生前欠下债务，哪怕是不吃不喝勒紧裤带，哪怕是兄弟几个去扛砖拣瓦，也要为妈妈造一处容身之所。

二婶的葬礼

1

说来也巧，我刚当兵那会儿，几年难得回老家一次。二婶去世那天，却被我回家探亲时遇上了。天意吧，让我能参加二婶的葬礼，让我能抬起二娘的寿枋，让我能送二婶最后一程。

我从小在二婶家打滚，二婶看着我长大，我就像是她家其中的一个儿子。

二婶出殡前的晚上，她家所有亲戚都来了，垮子里的大人小孩也都来了，"牌子锣"也都请来了。我吃完晚饭到二婶家里时，屋子里坐满了人，六奶、谈婶、三娘、金婶、炳煌叔、友亮叔、孝盛爹、绍金哥他们都在。大家坐在一起相互问候，拉拉家常，说说二婶过去的贫穷，也谈谈庄稼、雨水、今年的收成。还说谁家里养了一头肥猪，谁家菜园里的菜长得茂盛，谁家的儿子准备结婚了。

　　大概是从邻居家借来了桌椅板凳，平时乌黑的屋子里增加了几个大灯泡。堂屋的中间是用白纸写就的一个大的"奠"字，字两边写有挽联。"奠"字下面设有香案，红红的蜡烛闪着光，垂着泪，长的短的熏香歪斜着杆子冒着烟。墙壁两面都挂有亲戚送来的床单、毛毯等礼物。二婶用白布盖着躺在了香案的下面，原本细兵老弟一直跪在她的一旁，家里来人多了，他也起来去帮忙了。二婶的身边放了一副寿枋，寿枋是临时从隔壁垮子里的一户亲戚家买来的，买的时候我还顺路一起去了。寿枋悬放在这户人家正屋靠墙的半空中，用纤绳吊着，几个大人放下来时费了半天的工夫。寿枋很重，也厚实，灰也刮得平整，没有半点缝隙，外面上的是土红油漆，正前面用金水写了一个大"寿"字。我还敲了敲，是不错的木材做的。

　　二婶屋子里的人越来越多，越来越热闹，细雨妹忙着倒茶，水胜弟忙着递烟给别人，一片忙碌。我不抽烟，但在口袋里也假模假样地放了一两包，也去发给大家抽。"牌子锣"开始登场了，"牌子锣"乐队在梁子湖一带有两三百年的历史了，它在民间文化的土壤中繁衍出来，与生活习俗中的红白喜事息息相关，既能烘托气氛，又真挚地表达人们的思想感情，深受百姓喜爱。"牌子锣"乐器有唢呐、大锣、小锣、大钹、小钹、小镲、大镲及笛子等。所有乐器里面喇叭是主角。我从小就知道塆子里的友农伯的喇叭吹得最好，后来年轻一辈焱华哥、绍青哥他们都会吹。听说吹喇叭的关键是要学会换气，我也想学着吹。友农伯看看我的牙齿还整齐，拿了一支小吸管来，要我一口气把一大碗水吸完，我没做到。尝试了几天后还是不行，最终感觉太难也就放弃了。

这天吹喇叭的是二婶的弟弟，我该叫舅舅了。他是杨井塆子的人，沼山一带的"牌子锣"要数杨井塆子和张夏塆子的乐队最有名气，已经传承几代人了。舅舅是吹喇叭的好手，他吹的是老曲调，喇叭声一响，在场所有人都安静了下来。喇叭声时而雄浑激昂，时而凄婉哀怨，如泣如诉，穿透寂寥的夜空，仿佛在诉说着二婶饱经磨难的一生。

子时一过，将会有一个把二婶放入寿枋的仪式，塆子里的人叫"入殓"。入殓的过程很隆重，包括给二婶净身、戴帽、穿新衣等。这一刻，是亲人们哭得最伤心的时候。刚刚还是静静地在一旁躺着的二婶，现在再也见不到了。李铁塆子里的姑妈，长申姐和细雨妹妹，二婶的儿女们都哭了起来，泪水打湿了孝衣，哭声感动了在座所有人，六奶、谈奶、李婶、熊嫂也都在偷偷用衣角抹着眼泪。

　　当我看到帮忙入殓的人把最后一颗钉子钉入二婶寿枋盖板的时候，那"咚咚"的声音狠狠地撞击着我，像是钉在我的身上一样，深深地戳痛着我的心。

2

　　二婶姓张，是杨井塆子的人，离我们塆子不到十里路。只不过两个塆子的"张"姓不同宗。听大人们说，当年二爷友松与二婶的亲事说定后，二婶老家要两担谷子和三匹棉布的"彩礼"。二爷家穷得叮当响，自己都吃不饱饭，哪来多余的粮食？实在没办法，二爷家只好答应用一担红苕代替稻谷，至于棉布是万万没有的。杨井塆子也是山区，到处是山地，红苕比我们垮子还多，因此二婶家没同意。

这件事就这么搁置了下来。但是，老搁着也不是个事。垮子里还有好些个后生没讨上媳妇，都快煮熟的鸭子别飞了。二爷人又老实，一米八几的小伙子急得成天在堂屋里打转转。穷啊，穷得半点招都没有。后来垮子里的老人出主意，实在不行就"抢婚"。"抢婚"，放在现在肯定是违法的，可在那个穷困的年代就没有这方面的"法"去约束。人们一直以来也都默认了这种"不成文"的规矩，只要是不引起什么宗族矛盾纠纷，男方只要是抢得到手，哪怕打架打得赢也就算数。

老人们决定后也都说，豁出去了，这是没办法的办法了。

媒婆头天从杨井垮子里传来"侦探"消息，说是这几天"二婶"经常一个人在山脚下的坡地里放牛，周围人少，是绝好的机会。垮子里开始沸腾起来，选定了友根叔、友亮叔、友煌叔、友林叔和二爷年纪差不多的十来个年轻力壮的后生。人太多还碍事，大家分好工，谁去抢人，谁去接应，谁去把风。不能出岔子，不能跟二娘垮子里的人硬拼，毕竟我们没有道理，不要真的打架了闹出人命来，万一抢不到就跑回家。

那是一个炎热的夏天，早晨的太阳从石头山照射过来时，岱山脚下的雾气还没散去。后底沟水塘边的一大片芦花长成了，毛茸茸的，全是白色。友冈伯家的菜园里的小水竹长得越来越高、越来越茂密了。孝秋爹把一头水牛牵到屋基林已经喂了个半饱，牛儿翘起的尾巴左右不停地甩来甩去，打死了不少身上的蚊虫。一条发情了的狗子在村前屋后转悠，有时还发出古怪的叫声。

二爷几天前就兴奋得睡不着觉，他也紧张，万一抢不来媳妇咋办？要真的抢来了呢？他在心里暗笑了一下。反正，他辗转反侧，难以入睡，总是感觉一身的燥热。天还没亮二爷就醒来了，他平时都很少刷牙，今天算是破例了。他东翻西找，总算把那放了几年的掉了毛的已经发黑了的牙刷，从灶台上面钉在墙上的一个存放筷子的竹筒里找了出来。他又从水缸里掬了半瓢水，把牙刷打湿，胡乱放到嘴里戳了几下算是完事。他又急忙把床铺掀开，再掀开下面的破木柜，看是否能找到一件好点的上衣或者是裤子。木柜里的衣服比身上穿的还要破烂，所幸找到了一双穿了三年的早已破旧了的灯芯绒松紧黑布鞋，可惜右脚后跟的鞋帮烂了。他穿在脚上试了一下，鞋子小了些，左脚的鞋子前面破了一个洞，脚指头明显露了出来。二爷松了一口气，他想比平时打赤脚、穿草鞋要好得多。

二爷又胡乱找了一件破旧的对襟短袖白褂披在了身上。他腿太长了，裤子刚到小腿肚子上，与脚上的灯芯绒松紧黑布鞋很不协调，真的还不如打赤脚的好。没有裤带，他就临时找了一截断了的牛绳代替了。

二爷打开大门时，一只燕子刚好飞进了大门外面土墙上的巢穴里，好多只小雏燕张大了红红的嘴巴叽叽喳喳叫了起来，原来是一只母燕来喂食了。好多年了，二爷家里都没有燕窝。这还是今年春天里，好多只大的、小的燕子衔来杂草和泥巴，用了十来天工夫才把燕窝筑起来的。二奶望着新燕窝一边吃饭一边笑得合不拢嘴，她暗暗感觉到今年家里有喜事临门。

太阳已经照得老高了，二爷与垮子里的后生们一道上路了，临走前他还问了大家捆人的绳子、装人的箩筐、抬人的扁担和蒙人的麻袋什么的都带齐了没有。一路上，二爷的脚指头偶尔碰到一块小石头，痛得他惊叫几声。要不了几袋烟的工夫，他们一行来到了媒婆说的"二婶"经常放牛的山脚下面。大家找了个大的树荫地儿先藏起来，但不能聚拢在一起，现在就按各自的分工分散开，目标大了会引人怀疑。

友根叔、友林叔和二爷分在了一块，他们这一组是要直接抢人的，三个人在一个小树林旁边坐了下来。小树林旁边就是坡地，坡地留下了高低不一的麦茬，还没来得及犁沟翻晒。友根叔从身上摸出了烟丝和纸，卷了一支抽了起来。他吐了一大口烟圈后说：

"今天如果能抢到人，你友松老弟至少要买半斤烟叶给我，否则跟你没完。"

友林叔也搭腔说："说得对，反正你要想办法犒劳犒劳我们，至少得请每一个人吃一碗白面，每个碗里有一个荷包蛋。你要放点血，要不等你真的结婚闹洞房那一天，搞死你。"

二爷靠在树上一脸的惆怅，心里想着事，还有些紧张，刚才还在用手乱扯着身旁的车前草。他不停地回答，又一脸的无奈："那都是应该的，我尽量满足你们的要求，只是白面我可以叫老娘去借，但生产队不准养鸡，这哪来的蛋呢？"

"我不管，友根，不干了，咱俩回家去，等他一个人在这里抢，又不是我抢老婆，关我屁事。"友林叔说着站起来做出真要走的样子。

二爷急了，也站了起来，脸急红了，脖子也急红了。"你这人真是不够意思，我……我不是不答应。"他停了一会儿接着说，"这样行不行？我舅舅是他们垮子里的生产队长，他们那里有红苕烧的酒，叫苕酒，我喝过一次，好喝。真要抢到人了，我去找我舅要两斤来给大家过过瘾。另外，垮子下垄水渠里经常有黄颡和鲫鱼，趁大热天中午没人的时候我去抓些，我顺路去梁子湖边挖两筒野藕，晚上去细德宝垮子的菜园子里偷点黄瓜茄子，在我家打个平伙，怎么样？"

友林叔早就不停地抹着馋嘴巴，友根叔微笑着，两眼眯缝在了一起，好像现在就能够喝到苕酒，吃到黄颡和鲫鱼。他又吐了两口烟圈说："这还差不多，你这个人不哄骗两下不行，你不能吹牛皮啊。好吧，我们不走了，抢人要紧。"说完三个人傻乎乎地笑了起来。

一个时辰过去了，两个时辰过去了，通过杨井垮子的小路上很少有人过来，更别说有什么牛了。本来肚子里就没任何油水，给二爷这么一说，友根叔和友林叔的肚子早就"咕噜……咕噜……"叫了起来，又没有人带什么水壶，几个人坐在那里饥渴难耐。二爷倒是说了一句话："我担心肚子饿，没水喝，所以早上出门前比平时多吃了三个红苕，还从水缸里搲了一瓢冷水喝了。"友林叔剜了他一眼，狠狠地踢了他两脚。

突然，前面林子里的一棵小树动了几下，惊醒了几只斑鸠"咕咕……咕咕……"地飞了起来，那是年轻他们几岁的友亮叔在路口看风发来的信号，是不是有人来了？大家警觉地站了起来。果然如此，不一会儿，一个小女孩儿牵了一头老水牛慢悠悠地往这边走来。二爷激动得手脚有点颤抖，脸又一次红到脖颈上，嘴里在说："绳子呢？"

友林叔上前又踢了他一脚："你个傻帽还真捆呀？"

"那麻袋呢？"

友根叔又上前朝着二爷的屁股补踢了一脚。"你真他妈的傻，这么热的天，会蒙死人的，会出人命的，晓不晓得?"友根叔说话时声音压得很低，但话的分量很重，并狠狠地瞪了二爷一眼。

"是……是……"二爷全身冒出汗来。

牵牛的小女孩越来越近了，近到几个人都能看清楚她的面目。小女孩大约十五六岁的样子，两只乌黑的小辫子明显是刚剪过不久，短短的刚好够着脖子。一绺弯弯的刘海遮盖了额头，却掩饰不住少女青春的萌动。圆圆的脸蛋黑里透红，眼睛大，嘴巴也大，个子不高也不矮，腰围不粗不细，是做农活的好身板。她上身穿的是一件天蓝印花棉布短衬衫，看上去其实很旧了，袖口都散了线，可能来不及缝一缝。阴丹士林的蓝布裤子还要破旧，膝盖上面补了两个大的补丁。而且她还打着赤脚，脚很大，没包裹过。左手好像还拿了一个什么小东西在晃动着。

友根叔看后会心地笑了，今天的事已经有了七成把握。

二爷一直因为紧张而涨红着脸，恨不得马上就要冲上前把人捉住。友根叔用手拦住了他，嘴里说着："不急不急，慢点，慢点，等她走近些，最好等她坐下来，你猴急啥呢？等今天把她捉回家里去，你再怎么猴急我不管你，但现在不行。"友林叔在一旁偷着笑。

树林里没有一丝风，炽热的空气似乎凝固了。夏虫的鸣叫声吵得人心烦。太阳早就泛白，就连绿树上的叶子都反射着白光。几十朵蓝色的牵牛花沿着藤蔓，爬在了一棵大树上。一只螳螂蹦到了三个人面前的一根草茎上，望了大家一眼，又不声不响地蹦走了。一只黑色、背上长有白色斑点的六脚大天牛在松树上爬呀，爬呀，爬得很慢。紧接着，一只黄色的小蜜蜂"嗡嗡"地飞到了友根叔的眼前，停在了空中，翅膀飞快地舞动着。友根叔用手快速地拍打了过去，没够着，蜜蜂飞走了。

每一个人又渴又饿，个个汗流浃背，二爷流的汗更多。焦急的等待使大家更加难受。

老水牛走得很慢，很慢，小女孩好不容易把牛牵到了一块空地里，吆喝着让牛在一旁吃田畦上的草，又把牵着的牛绳缠绕在牛角上。她自己找了一个阴凉处，弯了几次腰捡来一片大点的石块坐了下来。原来她带了针线活儿，聚精会神地在缝一只鞋帮。二爷他们盯着她的每一个细小动作，友根叔把手轻轻一挥，非常轻声地说："跟我来。"三个人假装若无其事地从路旁走过去。一步，两步……小女孩还在缝她的鞋帮呢。已经靠近小女孩了，友根叔咳嗽了一声，把小女孩吓了一跳，鞋帮和针线都掉在了地上。

"小妹妹，别紧张，问你个事。你叫张绪华吧，是张先贵表叔家的三女儿吧?"友根叔是笑着问的，小女孩紧张的神经松弛下来。

她点了点头，又带着疑惑的眼神说："你们几个大哥是……"

"我们是张德宝塆子里的，他就是张友松。"友根叔边说边指了指一旁的二爷。

小女孩突然从地上站起来，脸一下子绯红起来。她早听媒人说过自己的婚事，父母亲也提到过这个人的名字。她有些羞涩地低下了头，不敢正视面前这个高个子男人。

友根叔从地上捡起了鞋帮和针线，依然微笑着对她说："你俩都是穷人家的孩子，我友松弟家里确实拿不出什么彩礼，希望你能理解。我们没有什么坏心，只想让你俩早日成亲，今天你就跟我们回张德宝埝子里去，你不能有什么反抗啊!"

友根叔的话还没说完，友亮叔不知什么时候也靠了过来，小女孩多少有些惊恐地扫了大家一眼，估摸着今天回不了家了。她知道自己埝子里的三婶也是抢来的，堂哥的四嫂被抢过来时还是用绳子捆着的。她想喊人，喉咙却哽咽着，舌头动不了。她想到自己家里姊妹六个，缺衣少食，经常饿肚子。还有三个哥哥等着结婚成家，要二爷家的彩礼，是想去填补三哥讨媳妇的彩礼，为这事，母亲快急死了。她这么想着，觉得自己的命真是苦啊，不知不觉眼泪便掉了下来，还不停地抬起小手臂擦拭着泪水。

"你不用担心别的事，回头我们再来告诉你父母。友亮，快去把她的牛系到一棵树上去，等会儿没人别让它吃了地里的庄稼。友松，把你脚上那双破布鞋脱下来给她穿上，你今天打赤脚是应该的。我看你们两个人的脚大小差不多，实在不行就当拖鞋拖着，总比没有的好。"二爷二话没说急忙把本来就破了的鞋脱了下来，毕恭毕敬地双手把鞋子送到了小女孩的面前。友根叔担心待了太久会有人来坏事，便赶紧催促大家尽快往家里赶路。

就这样，小女孩被几个大小伙子一路前后簇拥着。回家的路上，每个人都口干舌燥，但他们并不在意，一心只顾赶路，再也没有闲心说笑话了。二爷走得比谁都快，他一直紧绷着神经，一颗既激动、兴奋、惧怕，又多少有些愧疚的心，随着大家快节奏的步子"怦……怦……"直跳。

接应的人也在半路上到齐了，翻过熊家山坳，张德宝塆子的家已经看得见了。

3

二婶嫁给了二爷后，两个人一贫如洗，日子过得特别艰难。几年过去了，家中添了长申姐、水平哥、细雨妹妹、水胜弟弟四个小孩。那一年正遇上大搞农田水利基本建设，湖瓢嘴湖堤上，离塆子不足十里地，每天都有来自沼山公社各个塆子的几千人干活。

二爷两口子都上了湖堤，二婶隔两三天就要回家去看看正在嗷嗷待哺的几个小孩，喂喂奶或是熬点稀粥给孩子们补充点营养。青黄不接的时候，二爷两口子便把湖堤上发给大家吃的黑色麦麸粑，每餐省下来半个，有时是一个，几天下来就积攒了五六个。二婶趁傍晚刚收工那一会儿偷偷往家里赶，送给孩子们吃。没想到这件事，被一个不怀好意的社员告了密，而且还诬陷二婶拿回家的麦麸粑是偷食堂里的。

这可不是小事情，生产队大队长说要严肃处理。大队长是隔壁垮子里的，人长得又矮又丑，秃顶，胡子拉碴，贪财好色，一肚子坏水。大队长早就暗暗妒嫉二爷穷光蛋一个，怎么就娶了这么一个俊俏媳妇，而且还生了那么多娃？他在工地上几次趁二婶一个人的时候不安好心，图谋不轨，都被二婶骂了回去。为此，他早就想整一整二婶了。

第二天一大早，所有人都胡乱地喝了几碗稀粥后，有拿箢箕的，有拿铁锹的，有拿锄头的，准备上湖堤开工了。大队长故意把二爷支开，安排他回公社领取什么工具去了。他此时把二婶叫了出来，当着大家的面质问她是不是偷了麦麸粑。二婶说没有偷，是自己省下来的。大队长更来劲了，硬是逼迫二婶承认，他甚至叫了几个基干民兵，把二婶拖到一个工地的小水沟前面。

大队长的一只手揪住二婶的头发问："你到底偷了没有?"

二婶说："没有。"

随后，大队长便把二婶的头塞进水沟里灌水。

过了一阵子，细德宝垮子的生产队小队长张绪发实在看不过眼了，就走到了大队长面前毕恭毕敬地轻轻说了一声：

"大队长，算了，都是穷人，她也是为了小孩活命，你这万一弄出人命来不好!"

"怕什么，老子今天就要整死她，看她还敢不敢偷大队的粮食，看她还敢不敢在我面前神气?"

他说话时口水喷在了胡子上，头一摆，胡子上的口水便飘落在了周围人的身上，闻一闻，臭得很。

二婶又被大队长灌了几次水，但她始终没有承认，直到被灌得全身瘫软，六奶和好几个妇女把她拖回工棚里去了。

二爷下午回来知道了这件事后，硬是拿着一根扁担要去打大队长，要以死相拼。最后还是被友亮叔、友根叔他们拦住了。

4

　　我记事的时候，二婶家里又多添了几个弟弟妹妹，本来就贫困的家庭更是雪上加霜。二爷此时也当上了垮子里的生产队小队长，但是他性格直，说话容易得罪人，所以在垮子里实际没啥威信。

　　我平时几乎看不到二爷有笑脸，他每天除了回家吃饭睡觉外，都是在田地里忙碌。印象中他从不刷牙，冬天里总是裹着一件破棉袄，扣子都没了，他就在腰中间系一根绳子，或系一根带子之类的东西，偶尔还见他系一根草茎。夏天总是裸着上身，脸也黑，背也黑。黑油油的脊梁，扛起的却是一大家八口人的生活重担。

　　二爷厚道、耿直、质朴、勤俭。但毛病是不服人、爱吹牛。为此，村民给他取外号叫"牛皮"。由于二爷没读过书，村里人总笑他，说扁担倒在地上，是不是"一"

字？他却说，扁担就是扁担，"一"个屁。别人又说，男人躺在地上，是"大"字还是"太"字？他说是"大"字，别人说是"太"字。大家有意逗他，说你"一"字都不认识，你才屁呢。"太"字都不认识，你还是不是男人？

二爷说话少，脑子反应慢。村前有个小山包叫屋基林，山上平时种满了树。有人要他像小学生跟着老师朗读课文一样来逗他："大屋基林，细屋基林。黄屋基林，黑屋基林。"二爷读到第三、四句时，就会读成"黄牯子儿，黑牯子儿"。二爷一辈子生长在农村，放牛长大，三句话离不开牛，于是大家笑得前仰后合。他不服气，很倔强，为一点小事会跟别人争得脸红脖子粗。先是口角，后来发展到对骂，最后到拳脚相向。

二爷打架打不赢的时候，二婶就得帮着打。有时还会把三爷三婶一家扯进来，毕竟是"打虎还靠亲兄弟"。在农村没有什么法与不法，谁的拳头硬，打得赢就算有本事。大多数的时候，二爷兄弟俩根本不是别人的对手，只是拖累了二婶。二婶心善，拿起一根棍子，怕是连一只小鸡都不敢打，又怎么能去打人？所以往往吃亏多。

二婶的大儿子七八岁时生病了，得的是黄疸肝炎，每天肚子鼓胀得厉害，土方子治疗了好久不起作用。一天晚上，儿子不吃不喝肚子痛得在地上打滚。已经是凌晨三点多钟了，没办法，二爷背着儿子，二婶在后面跟着。二爷背累了，二婶来背。他们走了几公里山路来到公社卫生院。医生一检查，病情严重，必须转到鄂城县（现鄂州市）人民医院治疗。

老两口傻了眼，只好把儿子背回家。两人第二天一大早就起了床，二爷从生产队里借一辆板车，车子上放了一床破被子，再把儿子包裹好，用好几道绳子捆绑住，生怕掉下来。从塆子里到县城五六十公里路，两个人就这么拉着开始了艰难的行程。二爷在前面拉，二婶在后面推，谁累了就换过来，有时两个人都去前面拉。不知道拉了推了多长时间，渴了，就去路旁的人家讨碗水喝。很晚很晚了，才拉到县人民医院。

急诊室是一个上了年纪的女医生，看了小孩的病情，说是要住院抢救，再拖下去孩子的命就没了。

医生的几句话吓得二婶二爷眼泪都掉了下来，但是问题又来了,哪里有钱住院治病呢?二婶只好哭着跟医生说,因孩子病重,这么急着赶了一天的路,能不能先治疗,我们再回家想办法去筹钱补交上。女医生其实早看到了板车,看到了二婶二爷衣衫褴褛,知道他们是从乡下来的。也许是她起了怜悯之心,便不再说什么话,抓紧安排治疗。

第三天,二爷要赶紧回家忙农活去了,临走前偷偷把身上唯一的三块钱塞到二婶的口袋里,还说把板车留在了医院,反正现在生产队不急用,他自己会想办法回家。一个星期过去了,儿子的病情有了好转,开始吃东西了。但是医生已催促多次,再不交住院费就要停药了。二婶更急,哪有什么钱去交呢?昨天连买儿子喝的稀粥、馍馍的钱都没了。她思来想去,走为上策。于是趁深夜值班医生打瞌睡的时候,他拔掉了儿子身上还在输液的针头,背起儿子来到板车上。

二婶走出医院大门才流着泪大声说:"儿啊,妈妈对不起你,妈妈没钱再给你治了,万一这次回家活不成了,妈妈也不想活了,妈妈陪你行吗?"

二婶一边哭着,一边摸黑,一个人拉着"嘎吱嘎吱"

响的破板车上路了。她没有去想前面的路有多难，要走到什么时候，一天、两天、三天吧？她想到的是要和儿子一起早些回家……

5

时间长了，塆子里的妇女给二婶取了一个外号——"张飞"，这是因为她平时做起事情来大大咧咧，毛毛躁躁，风风火火。所以一些细小的家务事她往往做不来。分田到户以后，二婶家不仅田种不好，自留地里的菜也种不好。每到夏秋季节，别人家地里瓜果飘香，她们家地里叶子光光。别人家妇女都会腌咸菜，雪里蕻、辣椒、豆角、刀豆、萝卜缨、菱角叶等七八个品种以上，十多个腌菜坛子，确保平时全家人有菜吃。二婶家的腌菜少得可怜，偶尔腌了一两坛子芥菜，人多嘴多，十天半月就吃完了。经常是家里实在没有菜吃的时候，她就会跑到苕地、芝麻地里去扯一些苕叶、芝麻叶来应付。

我高考落榜在家种田的那一年，一个"双抢"时节的傍晚时分，夕阳翻过面前山落在了梁子湖的水里了。今年干旱，梁子湖的水正输送到湾子里的水田里，远处抽水台下面的抽水机在一刻不停"咚咚咚……咚咚咚……"地鸣叫着。

人和牛都累了一天了，两家的牛在田畦里啃着青草，我和二婶坐在了一个土坎上。

"你这娃仔应该再复读一年，要跳出'农'门，不能像我们种一辈子的田地。"

"我再读书，家里面的十多亩田地谁来种？"

"多种多吃，少种少吃，天塌不下来，我和你二爷都可以帮帮你们家的。"

"你们家田地多，小孩多，吃饭的人多，一年到头都忙不过来，哪好意思要你们帮忙？"

"见外了不是？你这娃仔真不懂事，我是给你说真话，希望你考上大学，我这老脸上有光呢。"

……

我和二婶有一句没一句地说着话，一边听着青蛙们比赛的歌声，月亮不知什么时候从石头山后面挂了起来，比岱山高了许多，还倒映在了水田里，就在我们坐的土坎旁边。

我说："二婶，你看这月亮好好看。"

"是，是，真好看，真好看。"二婶也笑着说。

月亮下和二婶在一起的美好时光永远驻留在了我的心中。

6

第二天一大早，因为寿枋太重，规定了八个强壮的劳动力去抬，这叫"八仙"。垮子里请"八仙"也是有讲究的，八个人都得是各家长房头的代表。如果哪一个房头代表年纪大了或抬寿枋抬不动，族长就会指派一个本家族的年轻人来。抬"八仙"的两天内有吃有喝，甚至是有鱼有肉吃，好些人家还有自酿的苕酒或是稻谷酒喝，还能分到几包廉价的香烟，几尺白棉布（孝衣）、一条毛巾、一双草鞋等。这都是很划算的事，谁都想去做，就怕没得做，尽管抬寿枋是一件辛苦的差事。二婶家请了友根叔、友金叔、志红叔、友青老子、焱华哥、细和哥等，其他人我记不起来了。

吃过简单的早餐，"八仙"们开始忙碌起来。二婶的寿枋先是用较粗的纤绳把两端捆绑住，纤绳上固定有粗壮的木杠，木杠是"十"字形的，方便前后两边各站四个人。木杠扛在各人的肩膀上，准备抬起寿枋的时候，不仅是"八仙"们在出力，旁边仍有许多男人也都在出力，我也都站在了寿枋旁。在一大片亲人吵闹哭丧声中，在"噼里啪啦"的鞭炮声中，友根叔歇斯底里地喊出一声："起!"

"起……起……"

"八仙"们和其他帮忙的也同时在喊。

这叫起棂。寿枋被抬了起来，亲人们披麻戴孝。随着二婶的离家远去，哭丧声会越来越大，越来越悲伤，鞭炮声越来越紧。

寿枋被大家抬到村口下首的地方停了下来，焱华哥拿来两条长木凳搁住。平时塆子里所有去世的老人都会被抬到这里停歇，若是有地位或是读书的人家会写一份简短的悼词，或者由亲属们直接说几句话，对逝者一生作简要的评价，对逝者今后的家庭寄予厚望，算是一个简朴的追悼会。

二婶是穷苦人家，水平哥他们没搞什么仪式，也没有一个亲戚说半句话。

大家停下来趁机喘口气，抽支烟。二婶的寿枋等会儿要被抬上山去的，山路坡陡湿滑更难走。友根叔拿来一根更长更粗的木杠，直直地捆绑在寿枋的上面，原来短的木杠也被重新绑定。一切准备就绪后，三爷从家里拿来一条毛毯盖在寿枋上面，水平哥被几个人托举着在寿枋的左右两边各爬了一遍，农村人把这叫"翻杠"，寓意逝者已去，活着的人要翻身，生活得更好。

又是一片"起……起……"的怒吼声，一片撕心裂肺的哭丧声，一阵催人泪下的"牌子锣"声，还有一阵震耳欲聋的鞭炮声。随着一阵阵浓浓的烟雾升腾在塆子的上空，寿衣白褂，灵棒花圈在烟雾中晃动着。寿枋被大家抬了起来，送葬的队伍继续前行。

二婶下葬的具体位置，早就被风水先生选定。背靠岱山，面朝梁子湖，这是一块风水宝地。寿枋被抬到指定位置，"八仙"们还要承担"掘墓人"的角色。细和哥他们开始挖掘墓坑，待墓坑挖得差不多的时候，友根叔就用黄黄的"纸钱"折叠成"丁""财""秀"三个字，从上至下摆放在了墓坑底下，意思是让逝者在天之灵护佑家人和子孙后代人丁兴旺，升官发财。最后一道程序是把准备好的石灰洒下去，然后放进二婶的寿枋，让其入土为安。

第二天，我要与二婶告别了。我来到后底沟山上看了看二婶的坟茔。青松翠柏之中，一个新挖的土堆之上，灵棒立着，香烛立着，烛泪昨晚流干了，泪水还挂在烛杆上。好些个花圈也都立着，一旁还长有一簇簇盛开的月季，全都是白色，风一吹，花儿在摇曳，灵纸在飘飞。

想去白马寺撞钟

1

窗外，一阵阵急促的雨声敲打着耳房。

屋内，年迈的妈妈、姨妈、外婆家的亲戚，还在为因病去世的大哥哭泣。

雨点在滴，泪水在滴，心血在滴。

大哥出殡那天，老天爷似乎也在为之哭泣。天空昏暗，乌云层层，滂沱大雨一阵紧似一阵地倾泻。大哥生前的好友来了、同事来了，远近亲戚来了。黑纱白褂一大片，哭声雨声交织在一起，大家都来为大哥送行。

大哥正值壮年，正是持家创业的年龄。我们一大家人无法接受这样的事实。

"儿啊，老娘没走，你怎么就走了呢？……"母亲在大哥骨灰前悲痛欲绝地哭喊，肝肠寸断的哭喊声一直在我脑海里回荡。

大哥在读完初中后，不知道是大人还是他自己的选择，十五岁，他顶了父亲的职，在太和镇供销社上班。

大哥十八岁那年，又选择了当兵。

大哥的许多战友都牺牲在战场，而大哥却荣立个人三等战功。金灿灿的军功章，记录着大哥无悔的青春。

大哥迎来了人生的辉煌时期。

2

大哥是在广西柳州市去世的。

我在接到电话的时候，先是惊愕万分，半个小时后，电话那头称院方已下达病危通知书，我才真正意识到问题的严重性。于是紧急求助朋友，急速驱车赶到柳州医院时，大哥已不省人事。

望着大哥躺在急救室手术台上，嘴里输着氧气，手和身子在输着药液，我有些不敢相信这是真的。我一边怔怔地望着这一切，一边心里还在问自己，这是我的大哥吗？我好好的大哥怎么会躺在这里了呢？

医生拿着 CT 片给我解释病情："病人来抢救时已经非常危险，他脑子里长了一个血管瘤，突然间爆破，血液灌满整个脑袋，我们一直在全力抢救，即使能抢救过来，也是植物人……"

医生的话还没有说完，大哥已停止了呼吸。

两天后，大嫂、侄儿、侄女、二哥和弟弟从湖北赶到了柳州。当大嫂那凄惨的哭声响起时，我才意识到大哥真的离开了我们，大哥真的走了。身心疲惫的我，同二哥和弟弟一道流出了悲痛的泪水。

"别拉开我，别拉开我，让我再摸摸文军……"这是大嫂的哭声，她一边哭，一边喊着大哥的名字，哭喊声撕心裂肺。

我流着泪，不敢正眼看大嫂，但当我不得不硬扯着，让她和大哥分别时，才感觉到大嫂瘦弱的身躯，岂能承受如此生命之重？

大嫂一身朴素的装束，脚上是廉价的凉鞋，连腰带都没有，用一根布带子代替。突然的灾难使她本来就苍老的脸上又增添了许多皱纹。我的心在打寒战，原来心目中年轻漂亮的大嫂不见了。

记得大哥很快退伍后，又回到了原单位。后来听家里人讲，凭大哥当时的条件，完全可以选择更好的单位，比如到县公安局上班都有可能。如果真那样，他的人生将重新书写，可惜没有。

回来后，大哥成家立业，生儿育女，一家人过了十多年安稳生活。但社会却在不断变革。一个小镇供销社同其他小单位一样，在经济体制改革的浪潮中不堪一击，大哥从此下岗。很快，大嫂所在的铸钢厂也没有逃脱厄运，她也下了岗。靠微薄工资过日子的一家人，这一下子怎么办呢？

大哥才四十岁，小孩在读书，一家人要吃饭，怎么办？

他没什么特长，初中都没毕业，农活不会做，经商又没本钱，只有一条路：外出打工，艰难糊口。

打工何其苦，打工何其难，这一打就是许多年，这一打就打到他生命的终点。

3

由于路途和气候等原因，不能把大哥的遗体运回家乡，只好就地火化。

青山肃静，苍松低垂。那天早上，我们在殡仪馆和大哥告别。当哀乐响起，大哥被整容后出现在我们面前时，我们再也抑制不住万分悲痛，放声痛哭。

"大哥，我们还没来得及报答你啊，你怎么就……"弟弟一边拍着水晶棺一边哭喊。

在医院陪伴大哥几天，我整理他的衣物时发现，他钱包里仅有十六块三角五分钱，枕头下放着一条二十几块钱的香烟。后来，我得知大哥还欠着垮子里好几个小兄弟的债。想想大哥这都是过了些什么日子？我们这些做弟弟的心中有愧啊！

大哥没有任何积蓄，平时结余点钱都照顾我们这个大家庭了。

尽管我一直在广西工作，但我们兄弟几个中，近几年还算我同大哥接触多些，也了解他多一些。

大哥刚出去打工的时候，随亲戚一道肩挑背扛卖桌面，后来又与同乡的弟兄哥们做建筑之类的事。三四年后，我帮他在广西找了个铁路上的扳道工做，但挣钱太少，仅能养活他自己。当时，我也在为生计东奔西走，陪他的日子很少。很多次，我把别人送给我的烟给他，他舍不得抽好烟，总是拿一条去换回几条差一点儿的慢慢抽。有时哥们吃饭喝点酒，我也会叫上他，但他很少言谈，只是一个人闷闷地坐着，显得特别寂寞。那几年，他尽管人在广西，心却一直不能安定下来。

一段时间里，由于我自己工作不顺利，心情很差，想放弃工作出去闯一闯。有一天，回家和大哥一起吃了一次午饭。我同大哥有无数次在一起就餐，而那次印象最深。那顿饭我俩吃得很沉闷，我即将离开这个小城市，大哥也无处着落。我自己在为将来考虑，但谁又能知道今后会是什么样子？我俩拿了几次酒杯，各饮各的，不碰撞，也不说话，一个劲地喝着闷酒。

最后一次和大哥在一起，是去年暑期刚过，他又来了广西。我和大哥聊天时，建议他回家和大嫂开个小食店，这样可以减轻家庭经济负担。因为我知道与大哥一起下岗的不少同事，一个个承包了供销社的铺面，赚了钱。但大哥大嫂不会做生意，尝试了几次，不但没赚钱，反而亏了本。

大哥除了老实本分外，为人豁达，待人和气，讲义气。家里有一张大哥和垮子里几个同龄哥们的合影照片，照片是我拍的，背面有他自己题的字：朋友义气胜过一切。此外，尽管贫困，大哥却从不为五斗米折腰，也从不欺世坑人，溜须拍马。他的骨子里充满了浩然正气。

4

雨小了些，雨点不再吹到书桌上。我打开窗页，六月里，江南的橘子花开得正浓，一阵阵芳香扑鼻而来，馨香还落在了纸笔上。

只想着窗前不足一里的地方，曾是香火不断的白马寺。听说寺内有一大钟，与沼山脚下小寺庙内的大钟遥相呼应。如今的白马寺早已不见踪影，残留的断砖瓦砾上，长满了杂草和荆棘，香火早已灰飞烟灭。

如果白马寺的大钟还在该有多好。我就去撞击一回，使出小时候吃奶的力气狠狠地撞，拿出把生命做赌注的气概拼命地撞。让那震天动地的钟声，响彻云霄。

想背妈妈去教堂

妈妈笃信基督教已经二十多年了，她对基督教的虔诚，对耶稣的膜拜程度，超出平常人的想象。

每次回家，总能看到妈妈在屋前屋后，在昏暗的灯光下，连老花镜都不戴，抱着《圣经》边看边唱。我不理解，《圣经》博大精深，妈妈只有小学文化，她怎么能读懂？

妈妈后来在垮子里成了"小教主"，家里也变成了"小教堂"。她带领全村信奉基督的中老年人，在家里祷告唱诗。包括清明节在内，家里都要远离爆竹香火，甚至客人送来的猪肉礼品，都会被妈妈拒之门外。为此，老人家从不吃荤，以素食为主，素到连油都不沾。

妈妈年纪大了，却从没间断过去做礼拜，风雨无阻。妈妈来过部队一次，由于驻地没有教堂，近些的也是隔着几十公里远的钦州市才有，我经常叫战友带妈妈去那里做礼拜。妈妈回到湖北老家后，只有远隔十几里地的太和镇才有教堂。农村交通条件有限，一次，做完礼拜回家，妈妈从三轮车上摔了下来，脚被摔骨折了，从此行动不便。

妈妈再不能一个人在农村老家住了，先是到妹妹家住了一两年。这期间，在我好几次回家的日子里，我都同妈妈商量，到广西去住几年，不做礼拜了，行不？但妈妈执意说还是要去教堂，还是要去做礼拜。妈妈又从妹妹家搬到太和镇的大嫂家，大嫂孤单一人，为人心地善良，承担起照顾妈妈生活起居的任务。妈妈经常去做礼拜，有时候是大嫂送她去，有时候是妹妹送她去，有时候是妹夫金平送她去。那一天，我刚好在大嫂家，碰到妹夫送妈妈去教堂回来。大嫂家住五楼，妈妈必须要人背着上下，我看着妹夫一步一步背着妈妈上楼梯时的情景，心里很不是滋味，应该是我每次背妈妈去教堂啊！

妈妈同许许多多历经苦难的人一样，在信仰中寻求精神的寄托与安慰。

妈妈在祷告的时间里，关起门，任何人都不能靠近。不知道她在耶稣面前祈祷什么。也许，她在祈祷儿女子孙平安，或是在耶稣面前哭诉，哭诉自己一辈子经历太多的苦难。

我小时候只见过生父的照片，还见过生父在银行工作时的一个笔记本。听妈妈说，生父是在年轻时候被国民党拉壮丁去当了兵，解放军打过长江时，生父随国民党部队一起投诚。妈妈说生父好几次是从死人堆里面爬出来，才保全了生命，腰间、大腿上留下了好多处炮弹、子弹的伤疤。妈妈还说20世纪五六十年代，血吸虫、肺结核疾病肆虐，一旦传染上就没法医治。生父正是得了肺结核病去世的。

妈妈的一辈子，比别人更苦。妈妈的一生，比别人更难。

生父张绍明突然病故，妈妈刚好三十岁。一个人带着四个年幼无知的孩子，就像天塌下来了一样。妈妈只好把几个月的弟弟送给别人抚养，又拖着我们兄弟仨艰难度日，不得已改嫁。

再困难还要生存，就这样，一大家子人，每年每月每天煎熬着过日子。就这样，我们兄妹几个，在困苦的煎熬中渐渐长大。后来大哥有了工作，也可以帮忙照顾家里，我和二哥读书出来自谋生路。尽管三个弟妹还小，但一家人的生活总算有了转机，有了希望。

慢慢地，曾经被别人抱养的几个月的弟弟也都长大成人了。但是，弟弟并不懂事，他一直责怪妈妈当初不该不管他，不该丢下他一个人，弟弟心里一直憋着怨气，几乎很少回乡下。

妈妈老了，双脚瘫痪了，弟弟生活在县城，离妈妈住的农村老家没有太远的路程，但他从来没有回到妈妈身边看一眼。他心中的怨气，不再有解除的那一天，不再有悔悟的一刻。

做妈妈的心里又何曾不内疚呢？妈妈心里有太多说不出的苦衷。正当妈妈在一天天的自责中艰难度日的时候，继父张蔚岚又因病去世。几年后，大哥文军因病突然离去，走时才四十八岁。

妈妈经历了丧夫丧子，人生最大的悲痛莫过如此。

"耶和华啊，求你听我的祷告，容我的呼求达到你的面前/我在急难的日子，求你向我侧耳/不要向我掩面/我呼求的日子/求你快快应允我/因为我的年月如烟云消灭。我的骨头如火把烧着/我的心被伤，如草枯干……"妈妈虔诚祈祷。

我真应该背妈妈去教堂，只有这样才能让做儿子的心里安慰一些，可是，我始终都没能背妈妈去，也没能帮妈妈减少一点痛苦。

妈妈身体越来越不行了，老人家仍然行动不便，仍然太寂寞，仍然度日如年。接回广西的小家已不现实，我还曾提议帮妈妈买一辆轮椅，让妈妈时不时地到楼下散散心，但终究都没能实现。

那年中秋节，我利用出差的机会，又回到妈妈身边。三十年了，从没有陪妈妈过一个中秋节。这天，我哪也不去，只在妈妈身边。我坐在沙发上，有心没心地看电视，时不时地跟妈妈说上几句话。她有时会神志不清，有时累了，她会在竹床上躺一会儿，醒来后，会吃点饼干甜食。我中午累了，也在沙发上躺一会儿。但我一直不多说话，我只想在妈妈身边多坐坐，多陪陪她老人家，心里有一种幸福感。

> 当你还是很小的时候/妈妈用了好长时间，帮你用勺子，筷子，教你怎么吃饭……/教你穿衣服，系鞋带，扣扣子……/教你洗脸，梳头发……/我爱我的妈妈/你在渐渐长大，而妈妈却渐渐老了/有一天，妈妈开始忘记一些事情，忘记绑鞋带，开始在吃饭的时候弄脏衣服/只要你在她身边……她就会很开朗，很开心/有一天，当她连站都站不起来，走也走不动路的时候……/请你紧紧握住她的手，陪她慢慢地走，就像当年妈妈牵着你的手扶你慢慢走路一样……

这是 2011 年母亲节期间，朋友从 QQ 里发给我的动漫视频文字，也不知道制作者是谁，听着音乐声，我潸然泪下。

我回广西后，大嫂打电话来说，自从我走了以后，妈妈总在五楼的阳台上喊我的名字，喊妹妹的名字，连续喊了好多天。我一听到这些，心更痛。

妈妈真的快不行了。

那段日子里，我送女儿回武汉音乐学院、华中师范大学考试，顺便带她回家看看奶奶。老人家看我的眼神就不一样了，我感觉得到，失望、绝望甚至痛恨全在里面。妈妈一直没有正面看我一眼，跟我一起回去的水平哥哥，他问妈妈我是谁时，老人家说，这个人我怎么不知道呢？当听到这句话时，我惊出一身冷汗。

　　我想起了一年前回家，妈妈身体还好，她狠狠地骂了我一句："叫你多生一个孩子，女孩儿也行，你就是不听老娘的。狗杂种！"

　　妈妈骂得我刻骨铭心。今天，不是怕因为妈妈怪罪我什么，是直觉里，感到妈妈的脑子太清醒，而身体却真的不行了。

　　正如所料，我回广西不到一个星期，大嫂打来电话说妈妈摔了一跤，摔得很严重，第二天中午再来电话，妈妈走了。

　　我从广西赶回老家时已是深夜，见到妈妈安详的面容时，我却没有一滴眼泪，真的，我的心反而平静了下来。在为妈妈办丧事的好几天时间里，我都没有哭一声。

因为妈妈的病，因为妈妈的孤独，我从南方飞到北方，又从北方飞到南方。时时刻刻惦记着，时时刻刻牵挂着。快三十年啦，多少个日日夜夜，思念的痛苦的悲伤的泪水，早已在我心里干涸。

送妈妈上山的那天早上，下起了小雨，后底沟祖坟山上低垂着一块块阴云，一棵棵肃立的青松卷曲着枝杈，密集的松针不停地滴落着水珠。一旁的柴草周围长出了碧绿的野蔷薇，一簇簇地向四周蔓延……